室町の権力と連歌師宗祇

出生から種玉庵結庵まで

廣木一人

目次

はじめに

宗祇は応永二十八年（一四二一）に生まれ、文亀二年（一五〇二）に没した、連歌史上もっとも大きな足跡を残した者である。連歌作品だけをみれば心敬の評価が高いが、連歌師という存在を世に高らしめたのは宗祇であり、その連歌学書は後世に多くの影響を与えた。宗祇の名を冠した偽書が多く出回ったのもその名がいかに崇敬されたかを物語っている。近世になってもその名声は衰えることはなかった。元和九年（一六二三）にまとめられたとされる安楽庵策伝《あんらくあんさくでん》の『醒睡笑《せいすいしょう》』には宗祇関連の逸話が多く収録されており、貞享二年（一六八五）に『宗祇諸国物語』と題された仮名草子が刊行されていることからも、宗祇の名が人口に膾炙していたことが知られる。芭蕉がみずからの文学の先達として敬愛していたことも、『幻住庵記《げんじゅうあんのき》』[1]（『芭蕉文考』本）に、

> 終《つひ》に無能無才にして此一筋につながる。西行・宗祇の風雅における、雪舟の絵における、利休が茶における、賢愚等しからざれども、その貫道するものは一ならむと、背を押し、腹をさすり、顔しかむるうちに、覚えず初秋半ばに過ぎぬ。

と記し、また宗祇の発句「世にふるもさらに時雨の宿りかな」[2]を踏まえて、

> 世にふるは更に宗祇の宿りかな[3]

と詠んだことにも表れている。おそらく、芭蕉没年を越えて十八世紀初期まで、芭蕉よりも一般に名が高かったと思われる。

宗祇が遺した足跡は連歌文芸のみに限ったことでないことも重要である。香道など他の芸道についてもそれは言えるが、古典研究の面における業績は特筆すべきで、その端的な表れとしての「古今伝受」の確立は日本文学研究史上もしくは教育史上、忘れることのできないものである。宗祇は連歌文芸は当然のこと、文学研究面でも多くの門下を育てた。以後の連歌壇およびそれに付随する古典研究の多くは宗祇の系譜を引く者で占められることともなった。このような点からは宗祇は中世初頭の藤原定家に匹敵すると言える。中世をおおまかに一二〇〇年から一六〇〇年とすれば、その初頭に定家が出現し、半ばに宗祇が出たということになる。

勿論、時代も社会の様相も違う。身分階層も違う。文学の絶対的質のみを問題にするのは文学史の流れを見るということからは適当ではないが、現在の文学観では確かに定家の高みは宗祇の及ぶところではないかも知れない。しかし、文学の社会的広まりからすれば、圧倒的に宗祇の時代の方が広範で、それは文学がようやく公家や京都を離れて、階層的、地域的な枠組みを越えて享受された時代であった。宗祇はそのような時代の立て役者のひとりであった。出自さえ不明な宗祇が貴顕にも地方武士にも認められ、富も得たという事実は、専門文学者という点からは定家を越えていたことを意味している。

宗祇に関する著書・論考はこれまでに多く書かれている。現在、活躍中の人のものでも両角倉一『宗祇連歌の研究』[5]、島津忠夫『連歌師宗祇』[6]、奥田勲『宗祇』[7]がある。故人となったが、伊地知鉄男の『宗祇』[8]は宗祇履歴に関する基本的な文献を多く紹介し、いまもってその価値の変わらない書である。さらに金子金治郎は最晩年まで、宗祇研究に取り組んだもっとも重要な研究者であった。宗祇の名を冠した著作だけで、『宗祇作品集』[9]『宗祇連歌古注』[10]『宗祇旅の記私注』[11]『宗祇句集』[12]『宗祇の生活と作品』[13]『宗祇名作百韻注釈』[14]『旅の詩人宗祇と箱根』[15]『連歌師宗祇の実像』[16]があり、名は冠していなくても『新撰菟玖波集の研究』[17]は宗祇研究そのものと言ってよい。

私自身のものには、二〇一二年十一月、三弥井書店から上梓した『連歌師という旅人　宗祇越後府中への旅』がある。私は連歌の研究に主として携わっているものの、宗祇についての研究はあまりしてこなかった。理由はさまざまあるが、いまさら浅学が取り組む余地はないと勝手に思い込んでいたからでもある。しかし、最近、自分なりの宗祇観を書き残しておくことも必要かと思うようになった。『連歌師という旅人　宗祇越後府中への旅』で書き残したことも多くある。この書で扱った宗祇伝は宗祇と越後府中および関東武将との関係に特化したものであった。少なくとも、最初の関東、越後への旅に至る経緯、その直後のことぐらいは書いておかないと、自分なりにでもこの書の意義付けができないと思うようになった。この点では、本書はこの拙著の姉妹編ということになる。その拙著では最晩年の最期の旅も扱ったので、本書と合わせると、宗祇伝の内の、最晩年以外の後半生四半世紀ほどを除いて書き記したことになる。書き残したところは宗祇がもっとも活躍した時期で宗祇伝の核心と言えるかもしれない。ただ、今のところそれを扱う予定はない。かつて、共著の形で出した『新撰菟玖波集全注釈』[18]をもって、それに当てるということにしておきたいと思う。

本書を執筆するにあたって、多くの論文などを参考にした。直接、反映させたものは注に示した。また、中世の日記などからの引用も多い。これらは、読みやすさを考慮して、漢文は書き下し文に直し、和文では適宜、漢字・仮名・送りがななどを改めた。原文は注に挙げた書で確認してほしい。

なお、第四章は既発表論文「種玉庵の所在地」(「青山語文」44・2014年3月)に大幅に手を加えたものである。

第一章　連歌師宗祇の登場

最初の連歌

宗祇は文亀二年（一五〇二）七月晦日に没した。八十二歳であった。その臨終の様子を記録した『宗祇終焉記』[1]に「時に八十二歳」、また、永正四年（一五〇七）六月に書かれた景徐周麟《けいじょしゅうりん》の『種玉庵宗祇庵主肖像賛』[2]にも「旅館夢覚む八十二、年々墓草露爛熳《らんはん》たり」とある。これから逆算すれば、応永二十八年（一四二一）の生まれということになる。このことは、三条西実隆《さんじょうにしさねたか》の家集『再昌草《さいしょうそう》』[3]の文亀元年（一五〇一）に詠まれた次の歌からも確かめられる。

宗祇法師越《こし》の国に侍りしに、ことし八十一歳になりぬる事を申して、文の奥に書き付けて
送りたりし

思ひやれ鶴の林の煙《けぶり》にもたち遅れぬる老の恨みを

（略）

此の文、二月十五日になん来たりたりし。

宗祇はこのように長命であり、多大な足跡を残した者であった。そのような宗祇の作品として、

長く最初のものとされてきたのは、寛正二年（一四六一）正月一日、専順の

天の戸を春立ち出づる日影かな

を発句として詠んだ独吟「何人百韻」[4]であった。脇は宗祇の、

霞にまじる雪の朝あけ

である。それ以後は宗祇の独吟で、挙句は次のようである。

治めて久し君が代の秋

宗祇四十一歳の時のことである。宗祇に発句を与えた専順は当時の著名連歌師であり、宗祇の師にあたると考えられている者である。

実は、宗祇の作品には専順発句の連歌「法楽何路百韻」[5]に参加した時のものもあって、これは寛正二年より先、康正三年（一四五七）八月十三日のものではないかともされている。これが正しければ宗祇三十七歳の時のものということになる。宗祇の現存最古の作品は何かという重要な問題であるので、しばらく、この作品について検討を加えていきたい。

「法楽何路百韻」

金子金治郎はこの作品をめぐって、『宗祇の生活と作品』[6]の中で次のように述べている。

宗祇は三十歳あまりから連歌師の道に入ったのであるが、それ以前の作品はもちろん、三十

歳代の作品は、まだなかった。

一般には寛正年代、すなわち四十歳になってから後の作品が知られている。（略）

これに対して、金子『宗祇作品集』（昭和三十八・四）、伊地知『連歌の世界』（昭和四十二・八）、木藤『連歌史論考・下』（昭和四十八・四）があげる、康正三年八月十三日法楽何路百韻がある。（略）この作品について『連歌の世界』（三四一頁）は、「康正」を寛正かと疑っている。理由は語っていないが、寛正年代に宗祇の作品が多く登場することからの判断と思われる。『連歌史論考・下』は、その作品年表で取りあげ、康正三年の条にあげて、特別の注記は加えていない。それが妥当な扱いであって、康正を寛正かと疑う必要はないと思う。

この康正三年という成立年をどう考えるべきかについては、後に考えることとして、まず、この作品がどのようなものかを見ておくこととしたい。

この連歌は三ノ折の二十八句を欠いているものの、巻末の句上によって参加した連衆の名、それぞれの句数は判明する。句上での名を一順に従って記しておくと次のようである。

専順　十六　　惟仲　五　　親度　九　　日晟　十二　　青阿　九　　宗祇　十

与阿　十二　　原春　十　　久茂　三　　正頼　四　　光好　七　　師敏　三

十二名の参加である。一般的に言って、この句数や一順の順は技量も含めてこの連歌時の宗祇の立ち位置をほぼ反映していると考えられる。宗祇は一順の順で言えば半ばの六番目、句数では四または五位ということになる。この連衆のうち、専順は主客として招かれた者で別格である。惟仲《これなか》は現存する連歌等の資料に名が見えない。脇を詠んでいることからすれば、この百韻の主催者（亭主）と考えられる。後に言及する他の連衆全体の顔ぶれから判断すると、伊勢国司、北畠氏の関係者であった可能性が高い。句数が少ないものの、惟仲の一順の順が宗祇より上であるのは主催者であるという理由による。その他の宗祇前後の者たちはほぼ宗祇と句数が揃っている。かれらの順、句数の差は社会的立場や連歌の熟達度などによると考えてよいのであろう。

親度《ちかたか》は蜷川氏（宮道氏）一族の者で、『新撰菟玖波集』に一句入集、その作者部類[7]「鶴岡本」に「宮道親度　蜷川周防勢州被官」、「大永本」に「宮道親度　蜷川周防守」、「青山本」に「宮道親度《タカ》　蜷川周防守」、「彰考館本」に「宮道親広イ度　奉公蜷川周防寺（マヽ）」、「伝宗鑑本」に「宮川親度　蜷川周防守」と注記されている者である。また、『顕伝明名録《けんでんめいめいろく》』[8]に「同（蜷川―引用者注）主計亮〈親寧子〉」と見える。ちなみに、親の親寧《ちかやす》の項には「同左京亮」とあり、親為《ちかため》の項には「同三郎左衛門尉〈親度子〉」とある。作者部類と『顕伝明名録』などの「周防守」と「主計亮」の相違は「周防守」が名目上の受領名で、主計亮が実際の官職であったということであろう。

蜷川氏についてもう少し言及すると、蜷川氏は宮道氏の出であり、源頼朝の伊豆挙兵で功績のあった蜷川親直《ちかなお》を祖として、後に、足利尊氏に仕え、さらに幕府政所の伊勢氏の被官となった一族である。伊勢貞継《さだつぐ》と婚姻関係を結んだこともあって、八代の親当《ちかまさ》以後、代々、幕府政所代を世襲した。親当（智蘊《ちうん》）は文学に秀でて、『竹林抄』に入集、いわゆる七賢と称された人物である。親度がこの親当とどのような姻戚関係になるかは不明であるが、親当の没年が文安五年（一四四八）、その息、親元の生まれが永享五年（一四三三）ということを考え合わせると、年齢は両者の中間ぐらい、つまり、応永年間（一三九四〜一四二八）の中頃、一四二〇年前後の生まれと考えるのがよいかも知れない。判明する連歌事跡の最初には、宝徳三年（一四五一）三月二十一日の「三代集作者連歌」参加がある。今、問題にしている「法楽何路百韻」当時、親度は三十代後半、宗祇とほぼ同年配ということであったろうか。その後、応仁二年（一四六八）正月二十八日の足利義政の室町御所での連歌参加まで、いくつかの文学上の事跡が見える。

　次の日晟《にっせい》は『新撰菟玖波集』に四句入集、その作者部類「鶴岡本」に「日晟法師　伊勢国司内乗《（ママ）》水」、「大永本」「青山本」「彰考館本」に「日晟法師　伊勢国司家人　垂水《タルミ》」、「伝宗鑑本」に「日晟法師　垂水　伊勢国司内」とあって、出家前、北畠教具《のりとも》の家臣であった。その文学上の事跡は文安二年（一四四五）八月十五日の『文安月千句』を自邸で催し、第一百韻で第三を詠んだこと、それ以後の活躍が見える。話題の「法楽何路百韻」は名の見える最後である。年齢も連歌の熟達度も宗祇・親度より上であったかと思う。句数の差はそれを如実に示しているのであろう。この日晟より親度の方が席次が上であるのは、親度が幕府の直臣の家柄であり、宗匠である専順を別格とすれば、この会の主要な客であったからだと思われる。

青阿は連歌での事跡は不明であるが、この「法楽何路百韻」の興行日とされている日のひと月足らず後、康正三年九月七日の正徹《しょうてつ》判の『武家歌合』に参加しており、そこでの詠歌三首の内の一首は心敬の歌と合わされて勝とされている。この歌合は正徹周辺の地下歌人、連歌師によるもので、青阿もそのひとりであったと考えられる。[9]

与阿は宗砌《そうぜい》が第一百韻の発句を詠んでいる宝徳四年（一四五二）三月十二日から十四日に催された『宝徳四年千句』に加わっている。また、寛正七年二月四日の心敬発句の「何人百韻」の与阿も同一人物であろうか。『宝徳四年千句』は『文安月千句』とともに伊勢国司北畠氏関係の千句と推察され、その点からは北畠氏の関係者の可能性がある。

原春《げんしゅん》、久茂《ひさもち》、正頼《ただより》も同じ『宝徳四年千句』の参加者で、やはり北畠氏の関係者かと思われる。光好《みつよし》、師敏《もろとし》は「法楽何路百韻」にしか事跡が残らない。両者とも北畠氏の被官ではなかろうか。師敏は一順の最後で句数も少ないことから、当時の連歌会の慣例から執筆であったと思われる。

以上、この連歌に加わった連衆がどのような人物であったかを見てきたが、伊勢国北畠氏の関係者が多く、催主の惟仲も北畠氏関係者と推察すれば、この連歌は、北畠氏の被官が専順を宗匠として招き、幕府政所代の蜷川親度を交えてのものということであったのであろう。

宗祇の実力

宗祇と北畠氏との関係は後に密接度を加えるが、それは後に再説したいと思う。そのことはともかく、この作品の宗祇の位置を文芸面を主として見ていけば、四十六歳の専順、幕府直臣の親度《ちかたか》、専順とほぼ同年齢とみなされる日晟、それより幾分若年かと思われる青阿、与阿の阿号遁世者らとの句数差、一順の順などは妥当なものと考えられる。これがこの百韻張行時の連歌壇での宗祇の位置づけで、連歌作者として、宗祇はそれなりの実力が認められていたということになる。宗祇のこのような技量はこの百韻の次のような付合を見ても推察できる。たとえば、八十八、八十九句目である。

　ただ時の間と見ゆる舟道《ふなみち》　　専順
　明け過ぎぬ星の隔たる天の原　　宗祇

専順の、あと少しで終わるのだと詠む前句の「舟道」を、宗祇は、七夕の天の川の渡し舟、つまり牽牛織女の出会いに関わることとみなし、夜が明けてしまえば、両星はまた隔たってしまうと付けた句で、その転換に熟達度が見られる。金子はこの百韻での宗祇の句について、『宗祇の生活と作品』[10]中で、

　欠陥はあるが、景致にしろ情趣にしろ、宗祇の句には、それぞれ魅力がある。月雪花の句の一句も割当てられていないところに、一座の中での劣位も想像に難くない。しかしその中で光っ

ているのが宗祇の句であり、しかもすでに宗祇らしい傾向も見えている。と述べている。

連歌事跡の不思議

このようなものが金子金治郎らによって、宗祇の最初の連歌と目されている作品である。この時までの宗祇の連歌に関する事跡は後に検討する『萱草《わすれぐさ》』中の句が可能性を残すものの、明確なものとしては存在しない。このこと自体きわめて不可思議なことと言わざるを得ないが、もう一点不可思議なことがある。それはこの作品が詠まれたとする康正三年（一四五七）八月十三日以後、寛正二年（一四六一）正月一日まで三年半、また、宗祇の連歌事跡を見出すことができなくなってしまうことである。

当時、専順は連歌壇の第一人者としての地位を築きつつあった。この百韻を宗祇現存最古の参加作品とすれば、その専順のもとで、宗祇はこの連歌に加わり、先に見たようにそれなりの役割を果たしていることになる。それにも関わらず、それ以後、しばらく専順関係の連歌会にさえ加わっている形跡がないことをどのように考えたらよいのか。散逸したとだけ判断してよいのであろうか。

やはり、康正三年の連歌が異様なのだと思う。この連歌については、伊地知鉄男が『連歌の世界』[11]の中で、康正は寛正の誤りかと疑われる。

と述べていることは、先に引いた金子のこの作品成立に関する論の中にもあった。金子はこの伊地知の見解に対しては、否定的であったのであるが、もう一度、康正三年成立説を疑ってみる必要があるのではないだろうか。

むやみに本文の誤写を考えることは差し控えるべきであるが、金子が先の論中で、木藤のこの作品に対する扱いを信ずる理由も分からない。木藤の作品年表は『熊野千句』の成立期を文正元年(寛正七年)の成立としており、宗祇参加の連歌の流れをいまだ正確に把握できていない段階でのものである。金子が何を根拠に「作者名・語句の脱漏など、原本に忠実である」と断言しているのかも不明である。

奥田勲はその著『宗祇』[12]の中で、「ごく初期の作品に次の五点」があるとして、最初に「康正三年(一四五七)八月一三日」のこの連歌を挙げた上で、

寛正頃を自立して行く時期と見て、専順がそれに与っていると解釈できるだろう。

とし、さらに、

宗祇と専順が同座する連歌の現存資料は寛正六年正月十六日の心敬発句の百韻がおそらく初めてで、専順の十六句に伍して宗祇は十句を詠んでいる。

と述べている。奥田は康正三年が寛正三年の誤写かどうかの点については言及せずに、康正三年の

作品そのものに触れずに宗祇の履歴を叙述していることになるが、その理由については何も述べていない。単なる思い違いなのか、康正三年の作品に何らかの疑いを持っているのかは判然としない。

このように康正三年の連歌の不可思議さを見てくると、先に示した寛正二年正月一日、師の専順の発句をもらい承け、独吟として「何人百韻」を詠むというあり方は、宗祇が宗祇という名をもって連歌壇に登場する最初のものとして、相応しいものだと思われてくる。宗祇が公けに示した最初の連歌はやはり、寛正二年正月一日「何人百韻」とするのがよいのではなかろうか。

ちなみに、康正三年とされている作品を除けば、はなばなしく連歌壇に登場したと言える寛正五年春の『熊野千句』までに限っての六年半の間で、現在、判明している宗祇参加の作品は寛正二年正月一日の専順発句による独吟「何人百韻」、同年九月二十三日の平《たいらの》章棟《あきむね》発句による独吟「何人百韻」、寛正四年三月の独吟「何舟百韻」、寛正五年正月一日の専順発句による独吟「名所百韻」ということになる。数も少なく、独吟のみである。しかも、この内、独吟の発句を宗祇に与えている専順は先述したように宗祇の師とみなされる者であり、平章棟は『新撰菟玖波集作者部類』[13]「大永本」で「平章棟　伊勢国司家人　方穂平兵衛尉」とある者で、北畠氏関係者である。

これらの事実は寛正当時、いまだ宗祇が連歌壇登場の準備段階にいたことを示していると考えてよいのではなかろうか。康正三年とされている作品が、寛正三年であれば、この作品は、このような宗祇の連歌歴の中で、連歌壇への登場の最初期のものと位置づけることができると思う。

宗祇改名

現存最古の作品が康正三年（一四五七）であったにせよ、寛正二年（一四六一）だったにせよ、宗祇の事跡はこれらの時までほとんど見出すことができないことには変わりない。ただ、そうであるからとして、それまでに宗祇がまったく初心であったということではない。どちらの作品においてもそれなりの熟達度が感じ取れる。連歌壇への登場には専順の引き立てがあったにせよ、それまで、連歌を詠んだことがほとんどない、連歌会に出席したこともなかったとは考えにくい。内々ではそれなりの修業を積んできたに違いない。それはどのようなものであったのであろうか。

伊地知鉄男はこの疑問の解決法として、次のようなことを述べている。

　宗祇も宗長（初宗歓（観））・兼載（初宗春）と同様に、宗祇という名は後年の改名で、それ以前の名乗りがあったのではなかろうかと疑われるのである。しかし、これは飽くまでの一つの憶測である。[14]

宗祇が別の名で活躍していたというのである。同様の例である宗長・兼載《けんざい》を引き合いに出しており、この説は傾聴に値する。しかし、現在まったく手掛かりはない。このことからは宗祇が別名で連歌に関わっていたにしても、連歌壇の表面に現れるほどの活躍はなかったとみなすのが妥当なのかもしれない。したがって、このことで康正三年か寛正二年の宗祇名での連歌壇登場の重みは失せるものではないと思う。

ただ、前名探しをするとすれば、最初の作品が康正三年か寛正二年かで、探索年代の範囲が相違してくることには気をつけねばならない。寛正二年説も頭に置いて探す必要があるということである。

いずれにせよ、修業時代の宗祇は「宗祇」の名を持っていなかったことは確かだと思う。それは先述したように兼載も、宗長も同じことであった。宗祇が三十歳代まで前名で連歌に接していたことは否定しにくい。それがある時期、宗祇に名を変えた。それが連歌壇への登場であったはずである。そこにはどのような事情が考えられるであろうか。奥田勲は改名について次のように述べている。

> 宗砌が離京に際し、後事を託すべく弟子として「宗」の字を含む名前を与えたと考えるのはどうであろうか。[15]

宗砌《そうぜい》が都を離れ、故郷の但馬に帰ったのは、主家である山名持豊《もちとよ》（宗全《そうぜん》）が将軍、足利義政の勘気を蒙り、享徳三年（一四五四）十一月三日に家督を嫡子教豊《のりとよ》に譲って、六日に領国に下向したのに伴ってのことである。奥田の説に従えば、宗祇はこの折に、宗祇と名告ることになったことになる。そうであれば、康正三年の連歌が正しいとしてその時まで二年半、そうではなく、連歌壇への登場が寛正二年正月であるとすればその時まで六年間、宗祇の名での事跡が見られないことをどのように考えればよいのだろうか。そのことと同時に、幕府の反逆者と関わる宗砌の名を通字として受けることに問題はなかったのだろうかという疑問も起こる。持豊は宝徳二年（一四五〇）、嫡子教豊に家督を譲り、はじめ宗峰《そうほう》、間もなく宗全と号した。当時、持豊もすでに宗全と号していたのである。「宗」の字はこの宗全をも想起させなかったであろうか。

そもそも当時、宗祇はどれほど宗砌と密接な関わりを持っていたのであろうか。このことについては金子金治郎は『連歌師宗祇の実像』[16]おいて以下のような説を唱え、その密接度を強調している。

金子はまず、一般に、宗砌が但馬下向の翌年、康正元年一月十六日に没したとされていることに疑問を呈する。巻頭句を「春はこれ千代てふ年の始めかな（宗砌）」とする『一年中日発句』[17]中の四月七日の句に、

　　宗砌早世の年、都立ち出で奥州下向の時

花ぞ憂きなれし思ひも夏の庭　　忍

という忍誓《にんぜい》の句が採択されていることを取りあげ、次のように述べている。

おそらくこの四月七日は宗砌の死没した日であって、一ヵ月後の閏四月七日の祥月命日に、忍誓の発句による追善連歌が行われたという関係になるのであろう。

金子は宗砌没日を四月七日と考えるのであるが、さらにこの観点から、

問題はこの発句を取り上げ、この発句のみに左注を付けて、宗砌死没の月日を示そうとした編者が誰かということになる。それは最晩年の宗砌のもとにおり、死をも看取ったであろう弟子の宗祇その人ではないか。

とするのである。
しかし、そもそもこの句が祥月命日と関わる句であることの確証はない。金子も指摘していることであるが、この年の閏四月三日に忍誓は正徹《しょうてつ》を訪問、その後、しばらくして奥州に下ったとされており、四月七日は左注にあるように忍誓の「都立ち出で奥州下向の時」に関わる月日と考えるのが妥当だと思われる。この「四月七日」をもって「宗砌死没の月日を示そうとした」とするのはいかがなものであろうか。金子はこの論述の中で、

大名とはいえ将軍家の不興を買ったばかりの山名家の一家臣に過ぎない宗砌の死は、社会的に葬り去られても不思議ではなかろう。

とも述べている。これが当時の常識であると思う。宗祇にとってもそのことは重々理解の内であり、「宗砌の死をもっとも悼んだのは宗祇」であったとしても、それを表面に出すことを宗祇がしたとは思えない。
もっとも、この『一年中日発句』がしばらく後の編纂というのなら、山名持豊への不興も失せるので可能性があろうが、金子は、

失意の中にいた宗砌のもとで、その生前死後に及んで宗砌の句集の編集や、遺稿の整理にあたっていたのが、ほかならぬ弟子の宗祇であった。

と述べ、失脚した宗砌のもとを宗祇が離れなかったとみて、『一年中日発句』編纂も、この時期の

ものと考えている。しかし、宗祇が宗砌の最期を看取ったということも含め、そのような行動を宗祇がしたとは考えにくいことである。

さらに、金子はこの論書より前、『宗祇の生活と作品』[18]の中でも、宗祇が但馬下向の宗砌のもとにいたと推察して、『宗砌句』[19]編纂を取り上げて次のような論を展開している。金子はまず、次の奥書を示す。

以上一見候ふ処、愚句に非《あら》ざる連歌少々相ひ交ふ、仍《よっ》て之《これ》を消つ。愚句為《た》ると雖《いへど》も当初庶幾せざる事等之《これ》有り。唯後見を恥づる而已《のみ》。

享徳四年四月日　　宗砌判

砌公加判の本、或所に於いて失ひ了《おはん》ぬ。仍て伝写本を以《もっ》て又之を写す。是は愚句に非ず、是は庶幾せざるの由候ふ連歌之を除く。其の後、見い出だすに任せて又之を加ふ。次で但州に於いての句、連々の発句等之を載せ畢《おはん》ぬ。　　宗祇

引き続き、金子は次のように述べている。

宗砌書き入れの原本は紛失し、その伝写本によって写したが、その際、宗砌がこれは自句ではない、これは気に入らないとした句は除外した。一方その後見付けた句、また但馬での句、数々の発句はこれを書き載せたとある。（略）宗祇の奥書は、第三者として伝写する者の奥書ではなく、宗砌書入れの事情も直接知り、或所で失われた（おそらく身分のある者による召し上

げ）事実も、召し上げ前の伝写本作製も、いずれも直接タッチした者の奥書のように読める。それが溯って、宗砌原句集の蒐集整理にも及ぶとしても不都合はないように思う。成立事情をめぐる師弟の二つの奥書の存在は、時と所を隔てたものとは考えにくい。宗祇の奥書の最後に、但州での句を加えるとあるのも、現地での作業と見てふさわしいものがある。

この金子の見解にはいくつかの点で誤りがあると思う。金子は「或所で失われた」「身分のある者による召し上げ」られたのは宗砌自身が、としているかに読めるが、これは宗祇の所持の本のことに違いない。また、「宗砌がこれは自句ではない、これは気に入らないとした句は除外した」云々のことについては、後の記述を見ると、宗祇が膝下にいた時のこととしているようであるが、これはただ、宗砌の奥書を繰り返しただけで、誰でもが知り得ることである。さらに、「但馬での句、数々の発句はこれを書き載せた」ことに関しても、「現地での作業と見てふさわしい」とするように、宗祇がその場にいて関与したかに述べるが、これも誤解であろう。

宗祇の奥書は、宗祇がかつて持っていた本を何らかの事情で失った、したがって、「伝写本」を改めて写した。その「伝写本」はかつて所持の本と違って、宗砌自身が訂正を加えてある本であった。宗祇はその「伝写本」を写した後、後に見出した句や宗砌が但馬で詠んだ句を付け加えた、と読むべきである。この「伝写本」の写本、追加は宗砌死後、もしくはある程度年を経て、と考えるのが自然だと思われる。「現地での作業」とは考えられない。

宗砌が主家に伴い、連歌壇から失脚した時期に宗祇がどのような立場を取っていたかについて、金子の理解に誤解がありそうであることを指摘してきた。宗祇が「宗砌のもとにおり、死をも看取った」とするのは考えにくいのではなかろうか。その時、宗祇がどのような態度をとったかは不明であるが、常識的に考えて、自分自身の立場を危うくするようなことはしなかったと思う。

　このようなことからすれば、宗祇が宗祇の名を名乗ったのが、宗砌但馬下向に際してということも考えにくいこととなる。これよりも前に、その名を名乗っていれば、宗砌失脚時に、名を変えられなかったということもあるが、しかし、その痕跡はまったくない。そうであれば、宗祇が「宗祇」を名乗ったのは、宗砌の汚名が世間から薄れた時と考えるのが自然だと思う。勿論、宗砌の汚名は宗砌自身から生じたのではない。その主家に連座したためであった。ということは、その主家である山名持豊（宗全）の中央復帰がその機会のひとつであったと思われるのである。

　宗全は国に蟄居の後、ようやく、長禄二年（一四五八）八月に義政に謁見が叶い赦免された。『在《あり》盛《もり》卿《きょう》記《き》』[20]同年八月九日の条に、

　　今日公家御判始也。公武参拝。皆御剱を進ず。山名入道上洛出仕。

とある。宗祇の改名はこのような情勢を見極めた上でのものであった可能性が高いのではないか。そうであれば、ますます、康正三年の時点の宗祇の名は問題となってくる。寛正二年なら、晴れて宗祇の名をもって連歌壇に本格的に登場し得たと思う。

宗祇という名

宗祇という法諱《ほうき》については、これまでさまざまなことが言われている。伊地知鉄男は『宗祇』[21]の中で、「宗祇という彼の法諱が戒師から受けた当初からの諱であれば、宗派的名称以外になんらの意味をもたないが」とまず断って、柳原本『砂巌』（柳原紀光の諸書よりの抜出書）第六に収録されている三条西実隆の明応三年（一四九四）の宗祇画賛、

> 天津やしろを神といひ、くにつやしろを祇といふ。倭歌は素戔嗚の出雲よりおこり、連歌は日本尊の筑波にはじまれり、これ地祇の尊宗たると也、公、かの二の才を宗として祇を名とする。

を紹介して、次のように述べている。

> 宗祇は祇を宗とするという意で、祇は天神に対する地祇、その地祇の尊宗たる素戔嗚と日本武尊とを意味しているというのである。即ち和歌と連歌を表徴する二つの地祇を宗とする意味だと、実隆は記している。

「祇」は地祇を意味することは、当時、自明のことであったはずである。このような文字を自分の名に付けるのは不遜との見方もあるが、しかし、「宗」は、むねとする、たっとぶ、ということである。地祇を尊んで、それを常に自分の文芸の基盤とするということは、意気込みは感じられるが不遜な言ではないであろう。

問題は誰が付けたかである。伊地知は戒師、と一般的な理解を述べてはいるものの、この法諱が

連歌師としてある段階になった時のものとしている立場からは、それを認めてはいないのであろう。島津忠夫は『連歌師宗祇[22]』の中で、

「宗」は宗砌の一字を許しを得て用いたものではなかったか。

と記しており、奥田勲は『宗祇[23]』で、

「宗祇」という名は宗砌の門に入って、師匠の「宗」の字を含む名を与えられた。

としている。「宗」の字が、当時、一般的であった宗教者からのものではなく、宗砌《そうぜい》と縁のあるものであることは確かなことであると思う。ただし、それが宗砌から与えられた、許しを得たということに関しては疑問である。前節で述べたように宗砌の生前に名乗ったものではないと考えるからである。恐らくは、寛正二年からそれほど遡らない時期に、自らが、宗砌を継ぐという決意をもって名告ったのではなかろうか。このような名が師承関係の中で認められねばならないとしたら、形の上でそれを認めたのは専順と考えてよいのだと思う。

「宗」の字を宗祇が受け継ごうとしたというのは、宗祇が、多くの連歌師の中で宗砌こそが連歌史上の本流だと認識した、もしくは認識したかったからであろう。

連歌は上古たる善阿《ぜんな》、救済《きゅうぜい》、二条良基《よしもと》、と続いて、中古たる梵灯庵《ぼんとうあん》の時に幾分衰え、その門下の宗砌が登場して再興されたというのが、宗祇が理解した、または構築した連歌史であった。宗祇は『吾妻問答[24]』の中で、次のような連歌史観を述べている。

此の道の再興、故二条摂政殿好みすかせ給ひて好士を選び給ひしに、其の比の達者、善阿・順覚・救済・信昭・周阿など侍り。（略）この時節をさして上古とは申すべくや。侍公失せて後、周阿一人が風を残して、天下是を便りとして学びけるに、侍公に心及ばずや有りけむ。（略）其の後の好士、周阿にも又及びがたければ、次第に劣りきて、世上皆侍公の心に少しも似たる事なし。梵灯庵主といひし人、周阿以後の上手にて、門弟おほく侍りけるにや。かやうの比を中古とは申し侍るなり。

　当世と申し侍るは、宗砌法師此の道の明鏡にて、上古中古をみあきらめて、救済・良阿が風骨を移して、中古の風情を捨て侍るにや。宗砌も我が身は梵灯の門弟たりしかども、（略）古風の有心幽玄の姿をしたひ、しかも一句の正しからぬ事などを除きて、直《なほ》きむねを守り侍りし也。

これは、心敬が、『所々返答《ところどころへんとう》』[25]第一状で「永享の比よりは、宗砌法師・智蘊《ちうん》法師、世の誉れ侍りし好士也」[26]と一応は宗砌の存在価値を認めながらも、引き続いて、次のような批判をしていることとは差異のあることである。

宗砌法師風体の事承り給ひ候。まことにてだり巧みに強力なる処、並ぶ作者見え侍らず。（略）しかはあれども、ねんごろに見給べく哉《や》。この好士もひとへに俗人に侍れば、胸のうちますらをにて、弓馬兵杖の世俗に日夜育ち侍りて、さらに、世間の無情遷変・仏法の方の学文修行の志、一塵もなく欠け侍るゆゑにや、てだてのみにて、句どもに面影・余情・不便の侍らず哉。恋句など、一向正しくはしたなき句のみにて、有心幽玄の物、ひとへに見え侍らず哉。

専順という師

宗祇が専順を師としたことは、先に言及した宗祇の早い時期の連歌が専順発句のもの、専順が宗匠を勤めたものであったことから推察できるが、さらに、宗祇は『愚句老葉《ぐくわくらば》』[27]第十「発句」の冒頭で、

愚作を記し申すべきよし再三の事なりしを、とかく辞《いな》び侍れど、政弘《まさひろ》しひての義なれば、思ふ筋目をことわり侍り、詠草には発句を先づ書きて然るべき事也と、老師専順申し置かれ侍れば、その心も破りがたくて、端なる句の前に「月の秋花の春立つ朝《あした》かな」とつかうまつりしを書き侍りぬ。

と、専順を「老師」と呼んでいることからも確認できる。

いつ頃から専順を師と立てるようになったかは判然としないが、早くとも宗砌《そうぜい》が離京後であることは間違いないと思う。島津忠夫は、享徳三年（一四五四）八月、宗砌著『花能万賀喜《はなのまがき》』の専順書写本に宗砌自身が奥書を記しているような関係を考慮に入れて、「宗祇を専順に託したということが考えられよう」[28]とするが、この点は何とも言えない。

宗砌が離京し、没した当時、専順は足利義政の連歌会に頻繁に招かれるなど、木藤才蔵が『連歌史論考　上』[29]で指摘するように、宗砌後の「連歌界の第一人者と目されていた」のである。また、宗砌との縁も深かったことから、宗祇、おそらくは、いまだその名を名乗っていない宗祇が専順を頼るようになったのは必然であったと思われる。宗砌の名を一字取ることを願い、自分がそれなりに認められた連歌師であることを示しつつ、為政者に深く関係していた専順を師に選んだのは、宗祇自身のしたたかな計算であったのかも知れない。

このような宗祇の思惑はおそらく専順にも分かっていたはずである。先に指摘したように、しばらくは専順関係の連歌にもあまり宗祇の名が見えないことは、専順の宗祇に対する複雑な思いを示唆しているような気がする。この距離を置いた態度は、宗祇の方も同じであったようで、奥田は、宗祇が文正元年（一四六六）の最初の連歌論書『長六文《ちょうろくぶみ》』[30]で、「歌の言葉をもつて連歌を付くること、専順などの句に多く候」とした上で、一応は「心の奥も見えて面白く候」と専順を賞揚していながら、専順が『片端《かたはし》』[31]と題した連歌論の冒頭で付合に関して「片端を書き付けて見せ侍り」としていることと重ね合わせて、「片端」で付けるのは好ましいことではない、と述べているのは、暗に専順の批判をしているのではないかと推察している。[32]

宗祇が宗砌失脚後、専順に近づいたのは、その文学的敬意によるというよりは、連歌壇での地位確立に重点があったのかも知れない。

宗祇の始動

宗祇の連歌壇への登場が康正三年（一四五七）であったのか、寛正二年（一四六一）であったのか確定的なことは言えないが、前者としても三年半早まるだけで、宗祇がその歳までいかように連歌および文芸に関わっていたかは不明である。いずれにせよ、宗祇の事跡が少しは目立つようになるのは、寛正二年以後のことである。そのような履歴の中で、宗祇事跡の画期を示すのは、寛正五年三月頃の『熊野千句』への参加であった。この千句は、紀州での、応仁文明の乱の前夜というべき兆候であった畠山氏の抗争の解決に、細川勝元《かつもと》が乗りだそうとした意図の反映と見られるものである。

この千句は細川家の讃岐国又守護代として、紀伊水道を越えて紀州、摂津に影響力を持っていた安富盛長《やすとみもりなが》が主家の管領勝元の意を汲んで、熊野権現への戦勝祈願の思いを込めて催したものである。盛長は、この千句興行にあたって、勝元は勿論、細川家の一族、被官、安富一族などを結集し、さらに、この内乱に心を痛めていた紀州出身の心敬を宗匠に招き、自らの力を誇示するかのように、当時の著名連歌師として心敬の外にも専順・行助《ぎょうじょ》などを加えてのものであった。ここに宗祇は名を連ねたのである。

ただし、さすがにこの千句の中での宗祇の地位は心敬らに劣る。心敬・専順・行助は当然のことながら発句を詠んでおり、千句中の句数は心敬が百十句、専順が百四句、行助が九十三句であるが、宗祇は発句作者でもなく、句数は七十五句である。宗祇参加には専順の助力があったと考えてよいのであろうが、それにしても、勝元らの知遇を得ていなければ、参加は叶わなかったに違いないとは思う。これまでの雌伏の時代がようやく終わり、その間の努力が身を結んだというべきなのであろう。そうであれば、宗祇が宗祇の名で登場してからの空白期間に、宗祇がどのような活動をしていたのかが透けて見える。勝元や後述するような貴顕への接近である。そこにも専順の力があったに違いない。

その後、専順のもとでの宗祇参加の連歌が目に付くようになる。寛正六年正月十六日、心敬発句の「何人百韻」、ここでは心敬十六句、専順十六句、行助十四句に次いで、十句を詠んでいる。十二月十四日、細川勝元発句の「何船百韻」では、心敬十三句、専順十三句、賢盛《かたもり》十二句、行助十一句に次ぐ十句、寛正七年二月四日、心敬発句の「何人百韻」では心敬十一句、専順十句、行助十句、量阿七句、清林《せいりん》七句に次ぎ、元用《げんよう》・紹永《じょうえい》・士沅《しげん》・清純《せいじゅん》と共に六句である。他に勝元発句の「何人百韻」に専順と共に加わっていることも知られている。[33]

一条兼良への接触

また、『大乗院寺社雑事記』[34]寛正六年（一四六五）四月十六日条には、「宗祇来《きた》る。対面」という記録が見られる。この時の宗祇の面会者、尋尊《じんそん》は摂関家、一条兼良《かねよし》の五男で、大乗院門跡、この時にはすでに辞任しているが興福寺別当に任じられた学僧である。宗祇はこの時にはじめて尋尊に面会したのであろうが、当然のことながら、その面会は尋尊の父、兼良との関係の中で実現したことと思われる。

宗祇が兼良の知遇を得たのがいつのことかは不明である。兼良は宗祇の『源氏物語』学の師と目されてきた。伊地知鉄男は『宗祇』[35]の中で、次のように述べている。

一条兼良との関係も『弄花抄』『源氏物語不審抄出』及び『大乗院寺社雑事記』の『尋尊大僧正記』等により疑念の余地がない。

しかし、伊地知も宗祇がいつ頃、兼良から『源氏物語』を学ぶようになったかについては言及していない。これも伊地知が引用するところのものであるが、『源氏物語抄』[36]（源氏物語紹巴抄・二十巻抄）の序文に次のようにもあって、それによれば、宗祇ははじめ志多良《したら》という幕府の奉公人に『源氏物語』の伝受を受けたという。[37]

爰《ここ》に宗祇、定家卿の御本の御流をゆかしく思はれて、志多良奉公の人也、といひし人に会ひ申され、青表紙伝受してのち、猶《なほ》不審を一条禅閤御所へきはめて、三条西殿内府逍遙院へ講釈さるるといへども、禁中の深き事は逍遙院殿へ尋ね申されし事あり。

この文章では、志多良からの伝受だけでは不審が残ったので（一条禅閤）兼良に問い合わせ、その知見を得てから三条西実隆《さんじょうにしさねたか》に講釈したとしている。『実隆公記』によれば、宗祇が実隆に『源氏物語』を講釈したはじめは、文明九年（一四七七）七月十一日のことである。以上のような人々の関わりと関東下向の空白などの年月を重ね合わせていけば、宗祇がはじめて兼良から『源氏物語』の解釈を教示されるようになったのは、『大乗院寺社雑事記』に記録された宗祇が尋尊と面会した時期の前後、早くとも、宗祇が社会の表に現れはじめた頃、寛正二年からの数年間とみなすのが妥当なのではなかろうか。

当然のことながら、それまでに宗祇は『源氏物語』などの古典は一通り学び終えていたはずである。それを暗示するひとつが、志多良という名の知れない師が存在したという伝承なのだと思う。しかしながら、宗祇は学問内容のみならず、伝受の正当性からもそれでは満足できなかったのであろう。宗祇が連歌師および古典学者として箔をつけるためには、ましてや三条西実隆の師となるためには、兼良のような者の薫陶を受ける必要があった。そのために宗祇はどのような手だてを用いたのであろうか。

後に言及する宗祇の前半生と類似する紹巴も、古今伝受に関してであるが、貴顕からの伝受には苦労している。貞徳《ていとく》の『戴恩記』[38]には、次のようにある。

古今は近衛殿より御相伝あり。称名院殿は、かれは乞食の客なればとて、御許しなき也。

紹巴は最初に願った三条西公条からは「乞食」だとされて伝受を許されなかったという。その後、紹巴はさまざまな手段で接近したであろう近衛稙家《たねいえ》から伝受を受けた。同様の苦労が宗祇にもあったに違いない。

このように見てくると、先に見た『大乗院寺社雑事記』寛正六年四月十六日条の尋尊との面会の時期は、宗祇が急速に兼良に接近しつつあった時期と重なるのだと思われる。この時の面会の目的は不明である。兼良が応仁文明の乱を避けて尋尊を頼って奈良に下ったのは、これから三年ほど後のことであるから、それに関わることではないであろう。しかし、兼良からの何かしらの依頼があったとは思われる。宗祇自身も、奈良および尋尊に繋がりを得ることは望んでいたことに違いない。いずれにせよ、この時期までに宗祇が兼良の面識を得ていたらしいことは重要で、宗祇は寛正年間に一条兼良・細川勝元という公武最大の有力者に取り入ったことは、この後の活躍を保証するものとなった。

他の貴顕と最初期の句

『熊野千句』前後の時期の宗祇の動向を探ってきた。この時期の宗祇の活動を知る資料はほとんどないが、その中で宗祇の第一句集『萱草《わすれぐさ》』[39]の詞書は手掛かりを与えてくれるものの一つである。この句集を読み解くことで、宗祇の関東下向前の動向をもう少し探っておきたい。

『萱草』の成立は両角倉一によると、

文明五年の末頃までに折々に草稿段階の句集をまとめ、文明六年二月に清書定稿本が成ったという事になる。草稿本段階の着手の上限は、常識的には、文明五年の九月頃の帰京以後と考えられるが、あるいは、文明四年以前に着手していたかも知れない。[40]ということである。

宗祇は文正元年（一四六六）夏頃に都を離れ、関東に向かった。帰京したのは文明五年（一四七三）秋頃と考えられるので、『萱草』中の作品は関東下向前および関東下向時のものということになる。そうであれば、この句集中に見える京都での作品は文正元年夏以前のものであることになる。ただ、文明元年七月には奈良まで戻ってきており、この時に京都まで足を及ばしたことも可能性としては捨てきれないので、その点はやや留保する必要はある。しかし、そうであっても、短期間の滞在であったと思われるので、大旨、『萱草』の作品中、京都でのものは関東下向前のものとみなしてよいのであろう。

そのような作品中で現存の長連歌からのものと確認できるのは、両角の指摘によれば、寛正二年（一四六一）九月二十三日の章棟《あきむね》発句による独吟「何人百韻」中の二付合、寛正四年三月の独吟「何舟百韻」（ただし、尾張国犬山郷の荘官政所でのもの）中の一発句であり、それに加えられるとすれば、両角が「年次未詳の二つは、共に発句は師の専順の作で、いずれも寛正年間（一四六〇～六）頃の稽古のための独吟連歌であると思われる」とした、年次未詳（文明二年以前）独吟「何船百韻」中の三付合、年次未詳（文明五年以前）独吟「山何百韻」の三付合のみである。

このようなありようを示す『萱草』の中から、金子金治郎は『萱草』中の発句・付合の詞書を調査し、都周辺のものも含めてではあるが、「『萱草』の東国下向前の発句は、二十四句ほどである」[41]と述べて、宗祇履歴の空白を埋めようとしている。

金子が具体的に指摘しているものは、「すでに知られた事実である」としている、下向直前の文正元年（一四六六）に摂津の住吉社に詣でた折の句（二六九）[42]、北野社に旅立ちを祈った句（二七〇）、同じ年吉野花見の句（四一）、帰途南都での句（四二・四三）および、両角が挙げた寛正四年三月の独吟「何舟百韻」中（一五）のもの、それ以外に「京洛の西部」の句として、

一八・四〇・四五・二五九・三八六・六三九

の発句と「京洛東部」のものとした、

二二・二三・四四・二七四・二七五・二八五・六四八

さらに、「佐々木近江守の亭にて侍りし会に、落花を」と詞書のある発句（六一）、「法華堂にて侍りし会に、随喜功徳品の心を」と詞書のある発句（六五三）で、合計二十一句である。

二十四句としている内の三句は指摘がないので、他にどの作品を下向前としているのか不明であるが、推察すると、

青蓮院准后の御会に

花の老木の影のあはれさ（二二四）

宇治にて人の所望し侍りしに

影や雪山を鏡の秋の月（四一二）

宇治の山にて蔦の下葉の色濃きを取りて、彼の堀川後百首の歌を思ひあはせて、同行の申し侍りし発句

宇津の山ここも竜田の紅葉かな（四一五）

を念頭にしているかと思われる。金子は発句のみを指摘しているようであるが、次の付合も詞書から、金子の想定に準ずれば、関東下向前のものとしてよいのであろう。

専順法眼坊にての百韻に

柴取り帰る人もことあれ

残る日に塩汲む浦の遠干潟（一一六九／一一七〇）

本書でここまで述べてきたことと絡めれば、重要なことは、これらの句に宗祇の連歌壇登場の年の候補の一つと考えてきた寛正二年前のものがあるかどうかである。このことをめぐって金子は「京洛西部」での「貴顕との一座」とみなす句々に注目している。金子はこれらの句々をまず、

専順法眼坊の千句

二条関白家の当座と千句

青蓮院と同坊官の月次43

と三分類し、時期を推定している。

このうちの最初の「専順法眼坊の千句」に関しては、先に宗祇と専順との関係を検討した結果を加味すれば、寛正二年の前としても、それほど溯ることはできないと思われる。

二条関白に関しては、金子が、次のように述べている。

二条関白は持通《もちみち》（一四六一～九三）。持通は三度関白を勤めているが、享徳二年（宗祇33歳）・康正元年（35歳）の時ではなく、寛正四年（43歳）～応仁元年（47歳）の第三次関白時代であろう。つまり、「二条関白家の当座と千句」は寛正四年以後のものということである。理由は記されていないが、本書でこれまで検討してきたことからすれば、この判断は妥当とすべきだと思う。

青蓮院に関しては、

当時の青蓮院門跡は尊応（一四三二～一五一四）で、持通の弟にあたる。後年、関東流浪後、京都に復帰した宗祇が編んだ最初の自撰句集『萱草』の清書をしてくれたのが、この尊応である。としているのみで、宗祇が加わった会がいつのものかは何も述べていない。尊応《そんのう》が准三后になったのは寛正六年のことであり、これ以後と考えてよいのであろう。

つまり、『萱草』中の作品も両角が指摘した百韻からのものも含め、寛正二年を遡るものは、次に取り上げる一句が問題となるものの、それ以外にはないと言えるのではなかろうか。両角も、百韻資料の面からのことではあるが、次のように述べている。

現存資料の範囲で考えると、一四六一年（寛正二）宗祇四十一歳以降の出典が確認され、宗祇が本格的に連歌創作の活動にはいって以来の約十五年間の総括がこの第一自撰句集であろう。『萱草』中の句に関して問題となるのは、金子が宗祇の出自と絡めて取り上げている、

佐々木近江守の亭にて侍し会に、落花を

偽りのある世に散らぬ花もがな

という六十一番の発句のみである。この句について金子は、

「佐々木近江守」は、近江守護職佐々木六角家九世の久頼のことであるとし、「久頼が背負う悲劇的な運命」とこの句の意味内容が重なり合うとする。

句の含意についてはどのようにでも解釈できる。少なくとも表面的には散ることが世の習いである「花」に対して、そのような世の中の常を「偽り」であっても裏切ってほしい、ということであろう。それが、裏切りに合った佐々木（六角）久頼《ひさより》の「悲劇的な運命」を含意しているのかどうかは分からない。その内容よりも重要なのは、「佐々木近江守」という詞書中の名である。当時、「近江守」と通称されていたのは、歴史資料では久頼しか確認できない。この久頼は康正二年（一四五六）十月二日に自刃している。そうであれば、この作品はそれより前と考えなければならないことになるからである。

以上のような推定が成り立てば、この作品は、現在確認できる宗祇作品の中でもっとも早いものとなる。このことについては、その可能性は否定しきれないとしか言えない。先に挙げた『萱草』中の発句にも、このような早い時期のものがあるのかも知れないが、それは確認するすべがない。ただし、このようなものが『萱草』に何句か含まれていても、それらの作品は「宗祇」の名でなかった時期のものとして考えるのがよいとは思う。先に述べたように、康正三年にせよ、寛正二年にせよ、宗祇の名で連歌壇に登場するより前に、何らかの形で連歌に携わっていたことは想定し得ることで、その時代のものが『萱草』に残されていることをまったく否定することはできないからである。

もっとも、「近江守」が久頼しかあり得ないかというと、それも断言できない。久頼の後継者も職としては、近江守護を継いでおり、かれらが「近江守」と呼ばれなかったという確証はない。

新たなる出発

貴顕との交流を見つつ、『萱草』の中に寛正二年よりも早い作品があったのかどうかを検討してきた。それが二、三あったとしても、宗祇が宗祇の名を持った連歌師として、積極的に公・武・僧の貴顕と関わりを持つようになったのは、寛正二年後として大きく外れないことは確かなことだと思う。宗祇はこの時期、数年間で都での連歌師としての基盤を築き始めたのに違いない。

このような都での地盤堅めの後、宗祇は関東へ下向することになる。ようやく都で名が知られるようになって間もない、まだ、都で目立った活躍のない時期であった。そのような重要な時期に関東へ下向することは連歌師宗祇の経歴にとって、一般的には望ましいことではなかったに違いない。それにも関わらず、都を出た。それにはよほどの理由があったのであろう。それはどのようなものであったか。

宗祇は関東下向の途中、駿河で今川義忠《よしただ》との面会を果たしている。関東の中心に入ってからは、河越で大田道真《どうしん》、五十子陣《いかつこのじん》で長尾景信《かげのぶ》、白井城《しろい》で上杉定昌《さだまさ》との連歌会に参加、関東有力武将の知己を得ることになる。このような宗祇の行動から、宗祇関東下向の理由を見出すことができるかと思うが、関東での宗祇の行動は、前著『連歌師という旅人　宗祇越後府中への旅』で、さまざまな検討を加えた。詳細は拙著によってほしいが、必要のある範囲内で後に触れることとしたい。

ここまで、宗祇の連歌師としての登場を見てきた。これはそれまでの前半生とどのように結びつくのであろうか。宗祇のあり方を掴むために、時間を遡らせて、しばらく、宗祇の出自についてみておくこととする。

第二章　前半生

前半生の謎

宗祇は連歌師として、康正三年（一四五七）八月十三日、もしくは寛正二年（一四六一）正月一月に連歌壇に登場するまでの半生のことをほとんど語っていない。よほど秘しておきたいことがあったと見るのが一般的である。もし、宗祇が、例えば、連歌壇登場初期に接触を持ったらしい伊勢国司北畠氏や細川管領家、さらには一条兼良《かねよし》と結びつく家系、それらの被官などに繋がるような出自であれば、宗砌《そうぜい》・専順との師弟関係、『熊野千句』への参加などの不可思議さは軽減することと思う。宗祇出自について、関心が及ぶゆえんである。

かつて、宗祇が出自について秘する理由はその卑賤ゆえとされてきた。伊地知鉄男は『宗祇』[1]の中で次のように述べている。

　宗祇の出自が甚だ卑賤であった事から、或いは宗祇は、その障碍となる身分を秘する必要から生涯生国を口外しなかったのではなかろうかという事が憶測される

さらに、伊地知は景徐周麟《けいじょしゅうりん》の記した『種玉宗祇庵主肖像賛』と、同人作の兼載《けんざい》についての『耕《こう》

閑軒記《かんけんき》』を比較して、前者が「族称出自について一語も触れられていないのに反し」、後者にはそれが記されており、兼載を「揚言している」とも述べている。

伊地知の論は直接には宗祇の出生地とされた近江、紀伊の両説をめぐってのものである。宗祇の出自、卑賤説をめぐっては、この出生地のことが絡んで論じられることが多い。したがって、ここでもしばらく、出生地問題に触れておきたい。

出生地

出世地が近江であるのか、紀伊であるのかについては、大正十二年（一九二三）年四月刊の田中義成『足利時代史』[2]以来、多くの宗祇伝で論じられてきたことである。この学問的追究の経緯については伊地知鉄男「宗祇論について――今日までの研究と今後の問題など――」[3]に詳しいので、ここでは詳細を述べることを差し控えるが、この両説の内の紀伊説に関しては、金子金治郎が『宗祇の生活と作品』[4]の中で、『巴聞《はぶん》』の奥書後に、書き加えられた猪苗代兼与《けんよ》による聞書がもっとも早いとして、

江戸初期発生のもので、猪苗代家あたりから起ったように思われてならない。

と述べて、伝説に過ぎないと却下している。

問題の『巴聞』[5]は元来は、紹与《じょうよ》が紹巴《じょうは》からの教えを慶長七年（一六〇二）八月二十九日に聞き

書きした書であるが、金子が取り上げているものはそれに兼与がさらに紹巴聞書を書き加えているものである。その兼与書入には次のようにある。

　宗祇、根来寺の三里程辰巳の律僧寺にて髪を剃る。母、遠江飯尾の筋、父は紀州小松の猿楽ぞ。

金子はこの紀伊出生地説に対して近江出生説を主張し、永正四年（一五〇七）、「宗祇没後五年、周麟の鹿苑院時代」の景徐周麟によって書かれた『種玉宗祇庵主肖像賛』[6]に「身、江東の地に産ず」とあること、宗祇と周麟に交流のあったことなどを説きながら、「近江説は、説の出所からいって疑う余地」のないことであるとする。

さらに金子の近江出生説は『連歌師宗祇の実像』[7]によって近江の伊庭《いば》氏の出、と展開する。この「伊庭氏の出」ということに関しては後に言及することとして、紀伊生、猿楽師の子という説は、『巴聞』以外に、天正十四年（一五八六）に紹巴より伝受された連歌新式の注釈を、後に整理したらしい心前の『連歌新式心前注』[8]の序文にも、

　祇公は紀州の人也。父は猿楽也。遠江へ下り、女を嫁し、懐妊して紀州へ帰り、生れたる人也。

とある。『巴聞』と『連歌新式心前注』の記述のどちらが早いのかは判然としないが、記述内容が違うことからは、「猪苗代家あたり」以外にも、このような伝承があり、それが紹巴流連歌師に伝えられていたらしいことが推測できる。

この伝承は中世末期には存在していたらしいが、それがいつどのような根拠から生じたのかは分

からない。捏造であったとしても、何の利益があって捏造したかも不明である。紀州の出、根来寺近在の律僧寺で出家ということはともかく、「猿楽師」の家の出ということは、当時の宗祇を信奉する連歌師達にとって、負の作用しかもたらさないと思う。宗祇自身のことを考えれば、捏造するなら近江説の方が後の交流関係などからは有益であったのではなかろうか。後代のものが何か意図があって、紀伊出生地説を猿楽師の出自と絡めて捏造したのか、それとも宗祇自身が自分の出生地を「江東」ということにしたかったのか、どちらがあり得るのかはむずかしい問題である。このことは島津忠夫が『連歌師宗祇』[9]の付説「紀伊生国説の可能性」の中で、

> 景徐周麟の「江東の産」という確かな説といわれているものも、宗祇の名声が高くなって来た後に、宗祇の口から語られたものに拠っているのではないかという気がしてならないのである。近江生国説が今後動かない説として定着してゆくであろうということを思いつつ、あえて紀伊生国説の可能性をさぐってみることも徒労ではなく、宗祇という人を考えてゆくには、それも必要ではないかとも思うのである。

と述べていることは、改めて考えてみるべきことかと思う。

出自

出生地の問題はこのように中世末期以来、揺れを生じながら、特に紀伊説の方はさまざまな伝承

が付加されて、紀伊のいくつかの地がその候補として挙げられてきたが、卑賤の出であったかどうかについては、あまり議論されないできた。紀伊生国説は猿楽師や伎楽師などの芸能者の子という伝承と結びつくことが多く、その点からは、紀伊説に立つものにとって卑賤出身は暗黙の了解事項であったと言える。ちなみに、延宝三年（一六七五）に書かれた黒川道祐《どうゆう》の『遠碧軒記《えんぺきけんき》』[10]「人倫」にも、

紀州の人、伎楽師の子也。一律院に入り、僧と為《な》る。

また、

称光院応永二十八年辛丑紀州粉河に生まる。国の乱に依て一城に寓し、将《まさ》に潰《やぶ》れんとす。その父一傀儡師を呼び、此の子を托す。傀師児を木偶《でく》の箱の中に投じ、遂に高山民部少輔某《なにがし》に投ず。

とある。

それに対して、近江説の方はそのような伝承と無関係であるためもあってか、論者は特に家柄に関心を向けなかった感がある。そのような研究史の中で、金子金治郎が『宗祇の生活と作品』[11]「近江の人」の中で、近江生国説と合わせて、「宗祇の親は、蒲生郡佐々木を本拠とする六角佐々木家と親しくする者」と述べ、「後書き」で、

宗祇伝の第一関門は出生の問題であって、確かな文献に江東の産と明記がありながら、定説と

されないでいる。紀州の卑賤の家に生まれたとする近世の説話の呪縛がそれだけ強力なためであって、ほとんど脱出不可能の状況にある。なんとか突破口をというのが最初の目標で、近江説の強化をその手段とした。いささか泥まみれの作業であったが、六角佐々木家の周辺にその出自がもとめられそうになった。

と記したのは大きな一石であった。これによって、近江生まれということとしかるべき家の出、とが結びついて、それまでの宗祇観が一変したのである。

この書の刊行は昭和五十八年（一九八三）二月のことであったが、金子はその十二年半後の平成七年（一九九五）七月刊の「宗祇の父と母と」[12]で、「宗祇の親は、近江守護六角家の家臣、特に重臣であろう」とし、その重臣は、

代々守護代を勤めた伊庭氏の某

としたことで、研究者の間に衝撃が走った。この伊庭《いば》氏説は『連歌師宗祇の実像』[13]の中で、親に該当しそうな人物は「応永三十三年二月東寺文書」所見の伊庭出羽守満隆である。この人物を父親探求のための一つの目安にしておきたい。

とまで、突き詰められた。これによって、宗祇の出自探索は一段階を迎えたことになるが、この説に対する反応は必ずしも肯定的なものではなかった。

伊庭氏説の検討

金子金治郎による伊庭氏出自説提出前のものではあるが、前節で引用した島津忠夫『宗祇』の言は近江生国説に対してであるものの、結果的には伊庭《いば》氏出自説に否定的な立場を取っているものとなっている。

伊庭氏出自説が出された後のものでは、奥田勲『宗祇』[14]の中で、金子説の「父は六角家の重臣」説に対して、金子の論拠とした明応元年九月の蒲生宛書状を引いて、「それによって宗祇の父は六角家の重臣であったとするのだが、確認はもとより出来ることではない」とし、「父は伊庭氏である」との説については、金子が証拠としている「着想の基礎となった尋尊の日記」などを取り上げて、「金子氏があげている根拠はどれも推測を必要としていて確証に欠ける。否定はできないが肯定するのも躊躇されると言わざるを得ない」としている。

繰り返すと、金子の近江生国説は景徐周麟の『種玉宗祇庵主肖像賛』によって、六角氏の重臣説は近江生国を前提として明応元年九月の蒲生宛書状により、伊庭氏説はその六角氏重臣説を受けて、文明十年三月八日の尋尊《じんそん》の日記や宗祇没二十余年後の『伊庭千句』によって唱えられたものである。

ちなみに、尋尊の日記とは次のようなものである。

宗祇方自《よ》り書状到来。伊庭之《の》弟八郎上洛。六角進退の事申し入る歟《か》。禅閤御在所畠山方より二十五坪進上す可《べ》しと云々。小塩庄の事は遵行に及ばず。珍事。聖護院新僧正違例以《もつ》ての外。正体有る可からずと云々。

これらの資料が金子説のどれほどの根拠になるかについては島津、奥田の論究する通りであるが、改めて、順に言及しておくと、まず、金子説の中軸にあると思われる明応元年九月の蒲生宛書状をめぐっての説は、奥田『宗祇』の書評として書かれた末柄豊「奥田勲著『宗祇』（人物叢書）」[15]によって、その誤りが指摘された。その書状とは次のようなものである[16]。

先度八木拝領の時、御返事申し候。仍《よっ》て已前申し候ふ伊勢の人、神戸方の事候。連々罷り下り候へと申され候。親の時近づき候ひし間、左様の儀候ふや。度々音信候ふ間、強ひて下る可く存じ候。但し宗益、先づ彼の地へ罷り越し候ひて、左右申す可き由に候。其の様へ定めて申す可く候。我等事も承り候ひて罷り越す可く存じ候。然らば其の方までの路次大儀候。三富殿に申し入る可く存じ候。万事仰せ合せられて懸る可く候ふ事候。一向御扶持を憑む可く存じ候。其の為に此の如く申し入れ候。近日仕り候ふ発句、

染めて待つ心や木々の初時雨

又兼載は淡地（路）まで上り候ふ由承り候。兵庫までなど申し候。宗長は来月初めて京着仕る可く候。

恐々謹言

九月□（晦）日　宗祇

蒲生殿　御宿所

この書状について金子は『連歌師宗祇の実像』の中で「内容から判断して、（略）明応元年（一四九二）のもの」とし、次のような目的によるものとする。

この書状の背景となる政治状況を見ると、近江は守護佐々木六角高頼《たかより》の時代である。高頼は、応仁の大乱では西軍に属した関係もあって、東軍中心の幕府とは摩擦が多く、（略）この書状の書かれたのは、明応元年（略）であって、九月十五日には、高頼軍の重要拠点であった永源寺も焼かれている。（略）この緊迫した空気の中で、宗祇は、高頼軍に一族がいる幕臣の智閑に少なくとも二回にわたって文通していたのである。（略）書状にみえる「伊勢之人」の移動は、幕府軍によって高頼軍の敗色がようやく濃厚となる時期と重なるため、この「伊勢之人」と高頼との密接な関係を示唆するように思われる。おそらく老齢のため、今回の将軍親征を容易ならずと見て、高頼軍からの逃避行を企てたのであろう。

宗祇の書状は、この「伊勢之人」と幕府側の有力者智閑との間に立って調停を試みようという政治的な書状ということになる。

しかし、冷静に考えると、そもそもこの書状が明応元年のものであるかどうか、証拠がない。その認識にたって持ち出された六角高頼のことはさらに根拠が不明といってよいであろう。

また、金子は「伊勢の人」を高頼の祖母と推察するが、「伊勢の人、神戸方」とは伊勢国の人で、現在、神戸にいる者ということだと思われる。祖母なる人がそのような人であったかどうかはまったく不明である。このように、種々、この書状に関する金子の読み解きは不審が多いのであるが、末柄が問題としたのは、「親の時近づき候ひし間」の個所で、末柄はこの「親」が誰かの判断に誤りがあったとするのである。

金子は、この「親」を宗祇の父親として、

ここに初めて宗祇の親が登場することに注目したい。「親の時代に」と回顧する親は、父親の方であろう。(略)その親である父に連れられて、宗祇はしばしば近江守護六角邸の奥深く伺候した、というのである。となれば、父は六角家の家臣であり、子を連れて伺候するような親密ぶりから見て、六角家の重臣層であったと推測されよう。

と述べている。これに対し、末柄は、

金子は(略)「親」を宗祇の父に宛てるが、それは宗祇を招いた伊勢国人神戸具盛の父(実父伊勢国司北畠政郷〔初名政具〕・養父神戸某〔貞正カ〕のいずれであるかは不明)のことで、宗祇の父のことではない。この書状を最大の根拠として提示された伊庭氏出自説は成り立ち得ないのである。

と明確に否定した。この末柄の指摘は書状の文脈を素直に読めば得心されることである。「(宗祇の)親」が親しく接したのは六角高頼の祖母であり、したがって「(宗祇の)親」はそれが可能な者、つまり「六角家の重臣」というのは牽強付会としか言いようがない。

宗祇、伊庭氏説については、「親」が六角氏の重臣であったということからの立論であるからまったく根拠を失ったと言ってよいが、それとは別に、もう一つの証拠である「尋尊の日記」から、そう言えるのかどうか、についても念のために言及しておく必要があるかも知れない。

金子は「残るは伊庭氏であるが、宗祇との接点と呼べるものは極めて少ない。宗祇の句集・歌集を見てもその形跡はない」と述べた上で、前引した「尋尊の日記」を持ち出し、

禅閤一条兼良の京都帰住の問題が、宗祇の奔走で打開され、管領畠山政長の敷地提供に至ったとの通知である（略）その三月八日条に、「伊庭の弟八郎、上京し、六角進退の事、申し入るるか」が挿入されている。

とし、それは「伊庭八郎の活躍の吹聴」であって、宗祇はそれに、「好意を寄せて心に懸けていた」とするのである。そして、さらに、二十二年も経過した、大永四年（一五二四）の『伊庭千句』と宗祇との関係へと言及していく。

『伊庭千句』は宗祇没後二十年余のことであるから、ここで言及するまでもないが、「尋尊の日記」に関してだけ言えば、先に述べたように、この時の宗祇書状は単に、京の現状を伝えたということと理解して何の不思議もない。兼良帰京が差し迫っている時の京の状況は尋尊にとっても関心事であったに違いない。このようなさまざまな情報を伝えるのが宗祇など連歌師の習いであったというだけのことである。

結局、宗祇の出自は不明ということに戻る。その家系が卑賤であった可能性も残ったと言ってもよい。それと同時に、そのことと関わる出生地についても不確定な点があるということになろう。

飯尾氏ということ

宗祇の出自および出生地について追ってきた。前節で検証したように伊庭《いば》氏説は根拠のないことであるが、それでは長く言い伝えられてきた「飯尾《いいお》」の氏はどのように考えるべきなのであろうか。これについては早くに伊地知鉄男が『宗祇』[17]で注目した『高代寺日記　下　塩川家臣記』[18]の文亀二年（一五〇二）の記事がある。次のものである。

> 七月晦日、宗祇相州筥根湯本にて逝す。八十二歳。秀仲・秀満・今、種満迄三代歌道の師。ことに元運《げんうん》の近族故、当家別して好《よし》みを通ず。故に忌日に追歌を修せらると云へり。

伊地知はこの記事に関して、「元運の近族」の「元運」を「吉川家の後見人飯尾次郎左衛門入道元運」だとして、

> 若しこれが事実だとすれば、到底卑賤な出自の者とは思われず、却って歴とした武士の子としなければならない。しかし『高代寺日記』はさして史料的に充全なものではないかもしれないが、（略）彼と摂津塩川家とは特別な関係があったもののようでもある。

と述べて、これ以上の言及を避けている。

その後、改めて『高代寺日記　下　塩川家臣記』を取り上げたのは藤原正義であった。藤原ははじめにこのことについて「宗祇序説―出自について―」[19]と題して論じ、元運関係の記事を追っていき、「元運及びその関係記事は、（略）根のない浮説ではなく」、当該記事の「仮構の潤色や虚説ではないと考えられる」として、次のように結論づけている。

宗祇の出自は旧来ながく考えられてきたように卑賤ではなく、と言って高家でもないが、摂津国人領主塩川氏と姻戚の同じ摂津国領主吉川氏の「後見」で管領代をつとめた飯尾次郎左衛門入道元運の「近族」であったと見るのが私按の結びである。

さらに、同論文を再録した『宗祇序説』[20]の「付記」では、

宗祇の姓は元運と同じ飯尾であったのであろう、元政《げんせい》の『扶桑隠逸伝《ふそういんいつでん》』（一六六四年）が「姓飯尾」としたのも拠る所があったのかもしれない。

とも述べている。

島津忠夫はこの件について、『巴聞《はぶん》』の「母、遠江飯尾の筋」に関連させながら、『高代寺日記　下　塩川家臣記』に触れ、

そのままには信用できない面もあるものの、無下には捨てがたい点もあるように思われ、宗祇晩年の度重なる摂津下向の背景を考える上からは、一考を要する史料ともいえよう。吉川長定の外舅元運の近族という説がどこまで意味をもつかはわからないが、「飯尾宗祇」の名が、も

し必然性があるとするならば、母方に関係があるかと考えられるから、紹巴の説ともつながってくる。これらのことがらが実説を伝えたものと見ようというわけではないが、その説の生じてくる過程は、まったく無意味な捏造のみでもないように思われる。[21]

と述べている。

金子金治郎は『高代寺日記　下　塩川家臣記』の記事を疑っていないようで、宗祇の伊庭氏説を踏まえて、飯尾を必然的に母方の姓とする。奥田勲は藤原の説を受けて「魅力ある一説である」とし、一方で金子の論に対しては、

飯尾姓については伊庭氏を父方とするのとバランスをとって母方とするのは説得力に欠ける。他にも三善（三好）姓という説もあるのはどう考えるべきであろうか。

とし、飯尾氏をめぐる積極的な論は展開せずに、別の角度から疑問を呈している。ただ、この言の中の「三善（三好）姓」ということに関しては、藤原も紹介しているように、今谷明の論考の中で、

元運は「上野介三善朝臣」なる受領の人物と判明する。当時三善姓を称するのは飯尾氏であるから元運は飯尾上野介に他ならない。

と考証されたことによって、疑問は解消する。[22]

以上、先学の飯尾氏論を見てきたが、そもそも宗祇を飯尾宗祇としてきたのは近世の宗祇伝においてである。その濫觴は前節で紹介した慶長七年（一六〇二）八月以後の『巴聞』[23]の書き付けもの

である。次いで、『連歌新式追加并新式今案等』に対する元和五年（一六一九）八月二十七日に昌琢《しょうたく》講釈の書留め[24]がある。この序文では先に引いた『連歌新式心前注』[25]の序にある「遠江へ下り、女を嫁し」をそのまま引き、「女」の部分に「飯尾《いいのを》を名字の人也」と注記している。

先に触れたように『巴聞』は紹与の聞書『従紹巴聞書《じょうはよりききがき》』に猪苗代兼与《けんよ》が書き入れを加えたものである。これが猪苗代家の伝承によるとすると、昌琢の家である里村家にも別の伝承があった可能性がある。宗祇の母が飯尾氏であるという認識は近世初頭の連歌師の間に広まっていたことなのかも知れない。それがいつの間にか宗祇の氏そのものとみなされるようになった。

寛文四年（一六六四）刊、元政《げんせい》『扶桑隠逸伝《ふそういんいつでん》』[26]が、「宗祇紀州人、姓飯尾氏」としたのは、おそらく紹巴説を受ける里村家の伝承によったと思われるが、この箇所に、飯尾を、母方の姓であると明記せずに記されたことで、以後、宗祇は飯尾氏とされるようになった。理由は、金子の伊庭氏説に見えるように伊庭姓を隠してなどということではなく、単に、父方の姓が不明であったことによるのであろう。

『高代寺日記』の真偽

紹巴がどこから、宗祇の母が飯尾氏の出であるとしたのかは分からない。そこで、注目を浴びたのが『高代寺日記　下　塩川家臣記』の文亀二年（一五〇二）七月晦日の宗祇の死に関わる記事であった。しかし、早くに伊地知鉄男も懸念しているように、この書の記述を史実と認められるかには疑問がある。そもそも、この書は「日記」と名付けられているものの日々の日記ではなく、塩川家に伝えられたものを後に整理して記録したものであり、承応三年（一六五四）八月十三日の塩川基満《もとみつ》の死をもって終わる塩川家の家の記録と言ってよいものである。

成立については基満の死よりも後で、中西顕三は次のように述べている。

> 『高代寺日記　下　塩川家臣記』は塩川基満によって書かれ、その子頼元によって完成されたと述べたが、飯島正明氏の私信では、『高代寺日記・下』は、江戸時代前期、無禄となった塩川家当主頼元によって御家再興の意図で書かれたものではないかとしている。その過程で、塩川氏は多田庄を受け継ぐ多田源氏の正当な嫡流であると主張しているように受け取れる。[27]

したがって、文亀二年の記事は伝えによって書かれたものということになる。日記そのものは『扶桑隠逸伝《ふそういんいつでん》』の刊行とほぼ同時期の成立ということであるが、それはそれとして、宗祇の事柄は塩川家に伝承として伝わっていたのではあろう。それがいつ頃からのものであったかは不明である。この記事が「秀仲《ひでなか》・秀満《ひでみつ》・今、種満《たねみつ》迄三代歌道の師」という文脈から、宗祇が歌道、連歌道において著名であり、その弟子たることが名誉であるということが前提であったことは確かである。このことは、次に引く同年十二月二十四日の昌光《まさみつ》の弔いの記事からも分かる。

> 伝に曰はく、宗長・宗益・宗仲等、各《おのおの》宗祇が弟子にて歌流を汲む。故に当家と更に好《よし》みを通

ぜず。右三人宗祇同宿なり。嘉吉・文安の比より今に至り。五十余年の内、連歌をもてあそぶの族、皆宗祇が歌流を汲む。去るに依て、宗の字を象る人多し。

つまり、宗祇こそ我が家の師たる者であったというのである。それに対して宗長らは、宗祇の弟子であるから好みを通じない、としている。ここでは「元運の近族」であるかどうかは問題にされていない。

先に引いた中西の言（飯島の私信）によれば、『高代寺日記　下　塩川家臣記』は、「御家再興の意図で書かれた」もので、多分に脚色もあるのであろう。そのような中での宗祇への言及であることは留意しておく必要があるかと思う。

先に示したように『巴聞』など、中世末期には宗祇飯尾氏説が唱えられていた。その流れの中で、塩川氏はその一族の飯尾元運と結びつけたということなのではなかろうか。塩川種満の弟、長満《ながみつ》が吉川《きっかわ》家に入り、その息が元運の娘を妻としたという関係を利用した結果ということなのであろう。[28]

このようにみてくると、宗祇飯尾氏説は『高代寺日記　下　塩川家臣記』によるのではなく、このような記事が書かれるまでにどのようにしてこの説が生じてきたのかを検証する必要が出てくると思う。それは生国説と同様である。しかし、現在のところ、それらを確認する資料はない。

宗祇の生国と飯尾姓をめぐる論を追ってきた。現在の時点においては、両者ともに確たる根拠に欠けると言わざるを得ない。結局は宗祇の出自、出生地はすべて曖昧なものなのである。そうであれば、推論のあり方としては、宗祇にとって有利か不利で判断することも方法の一つではなかろうか。つまり、不利なものは真実、有利なものは宗祇もしくはその信奉者たちの虚言、という考え方である。

江東の出、飯尾氏の一族という出自は宗祇にとって都合のよいことであったに違いない。これらは、宗祇自身が生前にほのめかしたことなのかも知れない。しかし、一部で宗祇の真実を知っている者がいる時代にはそれらを声高に唱えることはできなかった。時代が下がるにつれて、真か虚が曖昧になり、中世末期ぐらいからは諸説が混ざって伝えられるようになったということなのではなかろうか。宗祇存命中の資料が公家の日記、宗祇自身の手紙・連歌書・紀行など、かなり残されているのにもかかわらず、自らの半生にまったく触れていないのには、それなりの理由があるとするのが常識的なのであろう。金子は『連歌師宗祇の実像』[29]の中で、宗祇が自分の出自を語らないことについて、

もっとも考慮されるのは、江戸時代の宗祇伝に飯尾姓が定説化し、伊庭姓など影も見せなかった点にある。なぜこうなったかを考えてみるに、前節の伊庭家の没落が契機となって、伊庭姓を避けるようになり、宗祇の親といえば、母方をあげるようになったのではないか、と推測される。

と述べているが、伊庭氏説が崩されればこの見解が意味をもたないことは勿論のことである。

相国寺僧

宗祇がいかなる出自であったか、どこの生まれであったかはともかく、三十七歳で康正三年（一四五七）八月十三日の「法楽何路百韻」に参加した時、もしくは寛正二年（一四六一）正月一日の独吟「何人百韻」まで、まったくと言ってよいほどその経歴が伝えられていないことも考えるべきことである。明応四年（一五〇〇）、宗祇最晩年、八十歳の折に書いた連歌学書『浅茅《あさぢ》』[30]の序文には、

我身ひとつの愁ひには、よろづ思ひ残す事侍らぬを、わきて連歌の道、三十余りよりいかでかと思ひ侍りしかど、心は遅く年月は早く移りて、八十の今になほ初心の気を離れず。されば、此の比この道に心は切にして、初学の輩思ふべき事多く侍るにや。

と見える。「わきて連歌の道（略）いかでかと思ひ侍り」という言は、それまでさまざまなことを学んできたが、とりわけて「連歌の道」をどうにかしたい、という意である。この時点で、宗祇はどれほどまで連歌を学んでいたのであろうか。謙遜もあろうが、「今なほ初心」と文章が続くことからは、「三十余り」の時期には当然初心であったという自覚があったのであろう。

宗祇は『吾妻問答』[31]の中でも、「執筆《しゅひつ》の事」についての問に対して、

執筆の事、我々さやうの事不堪《ふかん》に候へば、其の道殊に弁へ知らず候へども、

と述べている。執筆の作法は、若年時に宗匠のもとで実地に修業する事柄である。この謙遜は宗祇が若い時に一般的な修業を経験していないことを暗示しているのではなかろうか。

近世末期のものではあるが、竹内玄一著『俳家奇人談[32]』の「宗祇法師」の項目に、

> 宗祇法師壮年の頃なりしが、ある人について、連歌のことを問はれしに、惜しいかな歳十歳闌《たけ》たり、連歌は二十年の功を積まざれば、その妙に到り難しと答ふ。叟《おきな》曰く、しからば十年昼夜励みなば如何《いかん》と。ある人大いにあきれて、わが及ぶ所にあらずと感ぜしとかや。漢の相如は四十にして初めて孝経を読み、唐の高適は六十にして初めて詩を作る。さればこの叟が連歌に達せしもまた宜《むべ》ならずや。

と見える。「壮年」が何歳であるかは判然としないが、「漢の相如《しょうじょ》」などの例から鑑みて、四十歳に近いと見なしてよいのであろう。この逸話の真偽のほどは分からないが、宗祇が晩学であったという認識が一般に伝承されていたことは確かだと思う。

宗祇が宗砌《そうぜい》に師事していたらしいことは知られていることである。その宗砌は、享徳三年（一四五四）十一月、主家の山名持豊《もちとよ》（宗全《そうぜん》）の失脚に伴って、共に但馬国に下向し、翌年の正月にその地で没したことは先にも述べた。宗祇三十歳の年は宝徳二年（一四五〇）である。三十歳あまりの歳になって、宗砌に初歩から連歌を学んだとすれば、師事できたのは長くとも二、三年ほどということになる。はたして、そうであったのかどうか。「連歌の道」を「いかでかと思ひ侍りし」というのはどのようなことを意味しているのであろうか。

宗祇が若年のことで洩らしていることの一つには相国寺のことがある。『筑紫道記[33]』の中で語っ

ている次のような事柄である。

船木といふ所に、昔、都相国寺にして折々頼み侍る人、此の山里を占めて吉祥院とて有り。今
両夜の契り、万年の昔の語らひにも劣らず、様々の志、狭き袖には包みがたくなん。

「船木」は山口県厚狭《あさ》郡の旧船木町、現宇部市舟木である。ここを訪れたのは文明十二年（一四八〇）九月六日、七日のことである。宗祇は六十歳であった。

「相国寺にして折々頼み侍る」とは具体的にどのようなことをいうのかは判然としない。相国寺の人である吉祥院《きっしょういん》を頼みにした、ということからだけでは宗祇自身は相国寺の外の者であった可能性もあるが、「相国寺にして」という口吻は、自身も相国寺におり、その中で、と解釈してよいのであろう。

宗祇が後年、禅僧とみなされていたことは、『所々返答《ところどころへんとう》』[34]第三状奥書に、「心敬在判　宗祇禅師　返礼」、宗長の『壁草《かべくさ》』[35]中の句の詞書に「宗祇禅師」などとあり、没後、現在の裾野市の桃園にある臨済宗定輪寺《じょうりんじ》に埋葬されたことからも分かる。さらに、三条西実隆《さんじょうにしさねたか》の家集『再昌草《さいしょうそう》』[36]文亀二年（一五〇二）九月十六日の個所の詞書に、桂宮本では傍注があり、そこには「会下にてかの住持の禅師、天以と道号を付けられ侍るとなん」とあることなどから、一応、禅僧として認知されていたと考えられる。道号はある程度の僧階に至った者に法諱《ほうき》の上に授けられる号である。

禅の教えそのものにもある程度は詳しかったらしいことも、『実隆公記』[37]明応四年（一四九五）十

一月十六日条に「宗祇法師来《きた》る。一盞を勧む。禅法雑談」とあること、さらには、景徐周麟の『種玉庵宗祇庵主肖像賛』[38]に「詩禅向上の関を透《こ》ゆ」と見えることからも分かる。宗祇が相国寺にいたことは確かなこととしてよいのであろう。

問題は、いつからいつまでいたのか、そこで何をしており、何を身につけたのか、である。そもそも吉祥院の僧とはどのような間柄であったのであろうか。「折々頼み侍る」という時の「頼む」、また、「語らひ」とはどのようなことを言うのか。一般に中世において「頼む人」という言い方は主従関係をいうのであろう。しかし、ここでは「折々」とあって、固定した主従関係たあったとは考えにくい。そうであれば、金銭も含んで生活全般に関して宗祇の面倒を見た人、ということであろうか。少なくとも仏道修行に関わることを言っているのではない気がする。このことは、続く、「語らひ」「様々の志」という言葉からも感じ取れる。

吉祥院と勘合貿易

吉祥院のことは『筑紫道記』より前、文明十三年（一四八一）頃の成立と考えられている初編本『老葉《わくらば》』[39]（吉川本）に次のように見いだせる。

吉祥院渡唐の帰朝に、聖廟法楽千句沙汰ありしとき、所望発句に

箱崎の曙のいかに雪の松

この発句をめぐっては金子金治郎に詳細な論究がある。[40] この時の渡唐は、文明八年四月十一日に堺港を出帆、文明十年十月二十九日帰京の第五次遣明船でのものであり、吉祥院はこの時の船団、幕府船、相国寺船、大内船の内の大内船に乗船、文明十年の冬に箱崎、つまり博多港に帰港したのではないか、というのである。

吉祥院に関してこのようなことが考えられれば、文明八年には吉祥院は相国寺を離れて、大内氏のもとにあったということになろうか。さらに推論を逞しくすれば、吉祥院は勘合貿易の専門家として大内氏に招かれたということだったのかも知れない。

このようなことを念頭にして、宗祇と吉祥院との関係を見れば、「頼む」も「語らひ」も「心ざし」も対明の勘合貿易に関わることかとも疑える。金子は宗祇と吉祥院の関係、さらに『筑紫道記』での『博多千句』の意味付けを次のように述べているが、ここでの「宗祇とはその面でも交渉のあったこと」という記述が具体的にはどのようなことを想定しているのかは不明である。

博多住吉神社における「博多千句」が、対明貿易のための祈祷であったこと、船木の吉祥院が早くから大内家の対明貿易と関係があり、宗祇とはその面でも交渉があったことなどを考えると、これは大内氏の経済に重要な意味を持つ「博多千句」であり、『筑紫道記』の成立を支える重要な背景であったと考えられる。連歌師の旅が、有力大名などの庇護下で可能になるといった消極的な面だけでなく、大名の事業などの成功に、千句などの祈祷によって奉仕する積極的な面のあったことをよく語っている。

宗祇と勘合貿易との関わりは現段階では言及すべき資料はない。金子のこの指摘の後半、「大名の事業などの成功に、千句などの祈祷によって奉仕する」云々は連歌および連歌師という立場からは当然のことであった。

話題が吉祥院のことに傾いてしまったが、宗祇が若年時に相国寺におり、その折に吉祥院と関係があった。しかも、それが、金子の指摘するように勘合貿易に関わることであったのなら、宗祇は相応の歳まで相国寺いたと想像できる。恐らくは年少時に相国寺に入り、三十余歳で、連歌師として立つことを決意して、本格的に宗砌《そうぜい》に師事、修業を積んだということなのであろう。ところが宗祇三十四歳の時、突然、師の宗砌が離京、間もなく没する。宗祇は途方に暮れたかと思うが、宗砌の替わりに専順に師事することになり、この専順の手引きによって連歌壇へ登場することになる、というのが現段階で判明する宗祇の前半生である。

このように宗祇の履歴を推定してくると、宗祇の名の前、少なくとも連歌作者としての名が何であったかの詮索はそれほど重要ではないのかも知れない。相国寺にいた時にある程度は連歌を学び、寺内での連歌会への出席ということは当然あったと思われるが、それはあくまでも相国寺僧としてのものであったであろうからである。宗砌や専順を相国寺時代に知っていた可能性は高いが、それにしても、『浅茅《あさぢ》』の述懐や吉祥院との関わりとみると、宗祇が自覚的に連歌に取り組み始めたのは、「三十あまり」とみなしてよいと思われてくる。それ以後まもなくの師匠の交替などを経ての登場となれば、ますます康正三年（一四五七）とされている「法楽何路百韻」は寛正三年（一四六二）の誤りとして、先に推察したように寛正二年正月一日の独吟こそ、宗祇の経歴のはじめに相応しいと思われる。

相国寺入寺時期

宗祇が相国寺にいたことをその出寺の時期を考察しつつ考えてきた。それでは、宗祇はいつ頃、相国寺に入ったのであろうか。一般に小僧として寺に入るのは十歳前後であった。

相国寺は足利義満によって永徳二年（一三八二）に創建されるが、伽藍を完備し、慶讃供養会が催されたのは、明徳三年（一三九二）八月のことである。足利氏の菩提寺であり、ここには禅宗管理の事務を掌握する鹿苑院《ろくおんいん》、その下で実質的な職務を担った蔭涼軒《いんりょうけん》がおかれた。隆盛を極めたが、たびたび火災に合っている。宗祇、五歳の応永三十二年（一四二五）八月十四日には主要な建物が焼失している。『看聞《かんもん》日記』[41]は次のような記事が見える。

相国寺の塔頭、乾徳院焼失。其の余炎に常徳院・雲頂院・鹿苑院并《なら》びに寺内七堂以下方丈文庫鐘楼一宇も残らず悉く焼失。纔《わづか》に塔頭六ケ所相ひ残る計《ばかり》也。崇寿院・勝定院・大徳院・大智院・恵林院・大幢院等也。

宗祇が入寺したとすれば、この後がふさわしいとも思われるが、蔭凉軒が再建されるのは永享十一年（一四三九）で、主要な建物はこの時期にならないと再建されていない。ただ、宗祇が入寺したのがこの後だとすると宗祇はすでに十代後半になっている。これでは遅過ぎると思う。相国寺の当時の様子は不明な点が多いが、先の『看聞日記』に記録されていたように宗祇十歳前後にもいくつかの塔頭は存続していたようなので、やはり、そのくらいの年齢と考えるのが常識的なのかも知れない。

ただ、先に引いた『巴聞《はぶん》』の「宗祇、根来寺の三里程辰巳の律僧寺にて髪を剃る」の記事は気になるところである。島津忠夫は前引の『巴聞』の個所の次に「父は紀州小松原の猿楽ぞ」の「小松原」に着目し、根来寺が「中世は文化的にもきわめて栄えたところで、能面の優品を今日に多く伝えていることも、父が猿楽師であったということと何らかのつながりの感じられなくもない」とし、その在地が小松原と同じ和歌山県の地であることを暗示しつつ、

はじめ律宗の僧となったが、のちに京に出て禅門に入ったとみることもできよう。

と述べている。[42] 幼少時に根来寺付近の律僧寺に入り、得度、その後に五山への関心などもあって、相国寺に移った可能性もある。そうであれば、大焼失を蒙った相国寺の再建がなされつつあった頃、十代後半に宗祇は相国寺に移ったとも考えられる。吉祥院はその移籍を斡旋したのであろうか。「折々頼み侍る」にはそのような意味合いも含まれているのかも知れない。

相国寺での勉学

宗祇の相国寺との関係を見てきた。このことが重要なのは、一つには宗祇が連歌師に必要な学問をどこで身につけたかに関わるからである。

一般に当時の児童が何歳ぐらいからどのような環境で読み書きを学んだのかは、不明な点が多いが、貴顕については、芳賀幸四郎が、次のように述べている。[43]

皇族や比較的に裕福な公卿の家では、博士家の学者らを一種の家庭教師として招いて師弟の教育にあたらせるのが普通であった。また師弟が定例日に学者の家におもむいて指導をうける私塾通学の形をとるものもあり、或は多数の聴講者が講を結成して学者や僧侶らを招聘し、その講釈をきくという形態をとる場合も少なくなかった。

さらに、「公家社会で初学入門の書とされたのは」『孝経《こうきょう》』であり、それは七歳から九歳ぐらいであったことを明らかにしている。もっとも、これよりも前に、初歩的な仮名や漢字などは学んでいなければならないと思われるが、それについては芳賀は、「これを明確に示す史料は、今のところ」「見当たらない」として、

幼児の教育は父親の管掌でなく、もっぱら母親や祖母或は乳母の手にまかされていたことを語るものではなかろうか。おそらく仮名文字の書き方や仮名文の読解などは、孝経の素読に着手する以前、ほぼ五・六歳から家庭内の女性の手で教えられていたものと推定できる。

と述べている。

堀川貴司は「五山僧に見る中世寺院の初期教育[44]」の論考の中で、五山僧の伝記類から学問教育に関わる記述を示して、次のようにまとめている。

出身家庭に学問的環境がある場合、三、四歳から父に、五歳から父に、六歳から母に、といった例が見られるが、多くは七歳頃であり、これは中国の例とも共通する。

これら指摘された年齢は現代社会での小学校入学前後にあたり、妥当なものと言える。問題は場所である。これについても堀川に次のような指摘がある。

寺院以外の場、家庭内（略）および「家塾」のみである。後者は信濃という地方において寺院とは異なる私塾が存在した可能性を示す例であるが、寺で学ぶことを「入小学（小学に入る）」と表現する例もあるので、断定はできない。

とし、多くは寺院であったことを指摘し、その寺院がどの宗派のものであったかについては、

時代が下がるにつれ臨済宗寺院が増えてくるが、鎌倉後期・南北朝期だと、とりあえず近くの寺院に入って勉学し、出家の際に改めて宗派を決める、あるいはさらに後になって禅に開眼して転宗する、といったコースを辿ることが多い。（略）一方、（略）夢窓門下が地方寺院の優秀な僧童を中央（京都五山）の夢窓のもとへと送り込む様子が見て取れる。

と述べている。

宗祇もこのような過程を経て、学識を身につけたとしてよいのであろう。七歳頃に僧童として、直接、相国寺か、もしくは律僧寺に入り、後者の場合は、その後に聡明さが認められるなどして相国寺に転じた、ということである。前述したように宗祇の母が「飯尾の筋」であったとすれば、それなりの教育はその母が手ほどきをしたと言えそうではある。しかし、母が下賤の者であったのならば、それはかなわない。幼少時に相国寺または律僧寺に預けられ、そこで文字を覚えたことになろう。

相国寺での学問修業に関しては、朝倉尚『就山永崇・宗山等貴』[45]が参考になる。朝倉はまず、禅林が一般に、「本寺―塔頭（院・庵）―寮舎（軒）」からなっており、就山《じゅざん》と宗山《しゅうざん》の場合はかれらが属していたのは、相国寺常徳院《じょうとくいん》の軒で、前者は聯輝軒《れんきけん》、後者は万松軒《ばんしょうけん》であったとし、その養育・育成、さらに「文筆の業の指導・鍛錬」はそれぞれの軒の内衆が担っていたことを指摘している。

朝倉が資料を引いて指摘するのは、作詩に関する教育の一環である詩会のありようである。朝倉は、「年少衆（仮称・少年や青年の文筆修業僧の意に用う）」の「文筆教育の一端」として、軒内で盛んに詩会、時には年少衆だけの詩会が催されたことを示し、

> 年少衆を抱えた、とくに両山のように、〝禅林の顔〟とも言うべき交遊圏の広い年少衆を擁した塔頭でや寮舎では、彼等に文筆の業を授ける手段としてしばしば詩会を催す。

と述べ、このような詩会への参加は、

詩席において、少年僧は坐景・点景の一つとして遇され、作品に詠出されていることである。当代禅林において美少年・美童は寵遇された。雅会への参加は、実地教育として有効であるばかりでなく、質素で地味になりがちな内容に彩りを添えた。

とも述べている。

朝倉はこの論考でさらに就山、宗山の和歌・連歌活動にまで筆を及ばせている。かれらが漢詩文ではなく、和歌などにまで関心を持ったのは、「禅僧と禅林の貴族化」「皇族、公家、高級武家出身の禅僧が増」したことが要因の一つであり、

禅僧や禅林と公・武社会との交渉が親密になれば、和歌との出会いも増してくる。

という。

相国寺が単に禅学のみの修業の場でなかったことはこれらのことからも自明のことであった。もっとも、就山・宗山は式部卿貞常《さだつね》親王の子で、特別待遇されていたと思われ、朝倉は「文化的・文学的環境としては、恵まれたものであ」ったとする。また、両者が寺に入ったのは十一歳ほどであって、すでに基礎的な読み書きはできたと思われるので、宗祇と同一視するのは危険ではある。しかし、僧童の勉学の環境は類似したものであったという想像はできよう。

宗祇が相国寺内のどのような場所にいたかは不明である。しかし、寺内には豊かな文学的環境があった。いつから、文学に強い関心を持つようになったかは分からないが、宗祇のような立場の者

が、学問を身につけ、さらに、文学への道を辿るには相国寺は最適な場所であったと思われる。宗祇が卑賤の出であったにせよ、もしくはある程度の身分の武家の出身ではあったが、年少期に親元から離れねばならなかったにせよ、ある年齢に達した宗祇にとって相国寺は願ってもない教育機関の役割を果たしたに違いない。

勿論、相国寺での修業は禅の修業が中心である。しかし、宗祇がどれほど禅を学んだかについては心許ない。喝食として居住していたであろう宗祇は正式に得度したのであろうか。また、何歳まで相国寺にいたのであろうか。

先述したように禅僧はある段階を越えると法諱《ほうき》のほかに、その上に冠せられる道号を与えられるが、禅僧となったにせよ、生前、そのような号が宗祇に与えられた形跡はない。先述したように、没後、埋葬された際に、禅寺の住持に「天以《てんい》」と付けられたことが、桂宮本『再昌草』[46]中の終焉記事の脇注に「会下にてかの住持の禅師、天以と道号を付けられ侍るとなん」と見えるだけである。

宗祇を名乗る前に、別の法諱と共に、道号もあったとも考えにくい。宗祇自身の志向は禅の悟達にあったというより、文学を主とした当時の文化全般の会得にあったのに違いない。そのようなことを考えてくると、宗祇の立場はしかるべき禅僧の雑掌のような立場であった可能性も見えてくる。

このようなありようは、宗祇の時代よりかなり後のことになるが、やはり卑賤の出で、寺院で育った紹巴《じょうは》と重なるところも多いのではなかろうか。宗祇の立場を類推するために、しばらく、紹巴について言を及ぼしておきたい。

紹巴との類似

紹巴は『善寿宮寿父連歌書抄《ぜんじゅきゅうじゅふれんがしょしょう》』[47]に、

里村紹巴はじめは松村氏を称す。南都一条院御門跡の御小者松井昌祐《しょうゆう》の男なり。

とあり、また、黒川道祐《どうゆう》の『遠碧軒記《えんぺきけんき》』[48]「人倫」には、

紹巴は、南都のなるほど微賤のものにて、連歌を好むゆゑに、上京して昌休に同宿のやうにして、奉公して連歌を習ふ。

同書「人事」には、

紹巴には氏もなく、南都のさびたる人ゆゑに、昌叱に氏を貰ふて里村と言ふ。（略）〔割註〕紹巴は南都にては湯屋の子なり。

とある。紹巴は奈良の微賤の者で、湯屋の子であったというのである。

小高敏郎は『ある連歌師の生涯　里村紹巴の知られざる生活』[49]の中で、微賤ということについては、

父は松井昌祐といって、一乗院の門跡の小者だった。一条院は大乗院と並ぶ法相宗の門跡寺として格式も高く、有力は寺院の多いこの土地でも屈指の勢力をもっていた寺院である。小者と

いうのは卑小な小吏だが、こういう勢力のある社寺の実務系統の役人として、あたかも今日の地方町村役場の小吏のごとく、その土地では顔もきき、多少の実権を有していたのであろう。

と述べ、湯屋ということについては、前者と絡めて、

湯屋はもともと僧が身を浄めるための建物である。僧にとって沐浴は欠くことのできない行事であり、したがって浴室を司る役は寺の重要な地位の一つであった。だからこの文を、紹巴の父が一条院にあって湯屋に関した仕事をしていたともとることができる。あるいは、一条院に勤仕するかたわら、銭湯を経営していたのであろうか。

と読み解いている。

その後、紹巴は『続近世畸人伝』[50]によれば、家を継いだ長兄の道順に対して、興福寺明応院の喝食となったという。天文五年（一五五五）三月二十六日から三十日に催された『亡父二十回忌追善紹巴独吟千句』から換算すれば、紹巴は十二歳（または十三歳）の時に父の昌祐が亡くなっているが、この喝食となったのがその前か後かは不明である。紹巴の家が身分は低くいもののそれなりの経済力があったとしても、父の死は紹巴の生活に大きな変化をもたらしたはずで、それ以後、利発な少年にとっての日々は、鬱屈したものであったに違いない。

紹巴がそのような自分の境涯から抜け出ようと考えた時、その手段の一つが連歌であったことは、貞徳《ていとく》の回想録『戴恩記《たいおんき》』[51]に、次のように見える。

紹巴法橋は、奈良の住人たりしが、「人は三十歳のうちに名を発せざれば、立身ならぬものなり。つくづくと、世のありさまを見るに、連歌師は易き道と見えて、職人・町人も貴人の御座に列れり。もし、それを得せずは、百万遍の長老の挙状を取りて、関東へ下り、大巌寺にて談義を説き習ひ、世を渡るべし」と、ただ両道に定め上洛し、昌叱の父、里村昌休を頼み、連歌稽古せられし、

ここで、連歌か談義か、と並んでいることについては、談義はもともと寺でなされていたものであって、身近な気がしたのであろうし、連歌は奈良においても流行の文芸で、さらに、慶長七年（一六〇二）四月の『昌叱独吟紹巴追善七百韻』[52]の序に、

紹巴法眼奈良の京、春日の里に生まれ、二十歳に近き頃、此の京より周桂法師とて連歌に長ぜる人下向ありしに、此の道に思ひ入る心付きしかば、かの師に近づき、十九出家など思ひ寄りて頭《かしら》剃り、名を紹巴と付けられしに、一年《ひととせ》ばかりありて、永き別れになりぬる後、父、昌休門弟になりて、

と見え、周桂《しゅうけい》について連歌修業に邁進することになったとあることなどが、契機になったのであろう。

紹巴は十九歳の時に、出家した。それは連歌師となるためだとする。なぜ、連歌師かというと、『戴恩記』によれば、微賤の出自の者が、貴人と座を共にすることができる立場に立てるからだと

いう。このことは、他の紹巴の先輩格の連歌師を見ても、紹巴自身の後の経歴を追っても実現されたことで確かなことであった。

このような紹巴の出自、連歌師としての自立を見てくると、宗祇と重なるような気がするのは、思い過ごしだろうか。紹巴の最初の連歌事跡としては天文十四年七月二十五日の師、昌休《しょうきゅう》のもとでの「何人百韻[53]」への参加が知られている。紹巴二十一歳（または二十二歳）の時で、これは現在判明している宗祇連歌壇登場より、かなり早い。しかし、連歌師として身を立てる経緯は近いものがある思うのである。

紹巴と違って、宗祇は寺院の中で生まれたのではなかったようである。しかし、先に見た、紀伊出自説では幼少の時に寺に預けられている。近江出身としても、相国寺に入ったのはかなりの年少時であったと思われる。それは紹巴と同様、喝食としての生活であったに違いない。奈良の寺院で連歌が催され、しかも周桂のような一流の連歌師が足を運んでいることと比較しても、京都の重要な寺であった相国寺はさらに連歌を学ぶのに適していたであろう。

宗祇がいた当時の相国寺の連歌環境はどのようなものであったのであろうか。そのことをしばらく追っておきたい。

相国寺の文芸

相国寺が学問の一大拠点であり、漢詩文を中心とした文芸が盛行していたことは、先に述べたとおりであるが、連歌など日本の文芸に関してはどうであったであろうか。

芳賀幸四郎は『中世禅林の学問および文学に関する研究』[54]の中で、この点について次のように述べている。

> 禅僧社会は大陸文学の解釈と鑑賞や漢詩文の制作には異常な努力を示したけれども、源氏物語や古今集などのわが国の古典文学の鑑賞や和歌の創作には、頗る低度の関心しかもたなかった。（略）禅僧で源氏物語に深い関心を抱いていたものとしては、後に見る如く清巌正徹が第一人者で、その他明証のあるものは万松軒宗山等貴と聯輝軒永崇位のものである。（略）しかし、これはこの両者ともに、伏見宮邦《ママ》高親王の子息であったという特殊事情によったもので、むしろ例外とすべきである。（略）国文学は公家社会のもの、漢文学は禅僧社会のものと、一種の分業意識さへも抱いていたかの観がある。

しかし、五山僧がまったく日本の文芸に触れなかったわけではない。芳賀自身も前引の書の中で、五山の僧が貴族化し、室町将軍第や院宮公卿の邸宅にも出入し、公家社会との接触を深めるにつれて、このように公卿廷臣や上層武将の和歌に対して、漢詩をもって応酬するというようなことが、南北朝期以降、時代の下るにともない、いよいよ多くなつたろうことは、およそ想察にかたくないところである。

としている。この指摘は具体的な文芸の会の形としては詩歌会として現れるのであるが、このような詩歌会は公家邸、将軍邸などで行われただけではなく、禅寺に公家などが出かけていって行われたことも往々にしてあったと思われる。『蔭涼軒日録《いんりょうけんにちろく》』[55]長享三年（一四八九）七月三日条に見えるように、当時の蔭涼軒主、亀泉集証《きせんしゅうしょう》が禅昌院での公家、武家を交えた詩歌会に赴いていることなどは、その一例である。

ちなみに、亀泉集証の前任の季瓊真蘂《きけいしんずい》は連歌にも関心があったらしく、『蔭涼軒日録』寛正六年（一四六五）二月十三日には借りだしていた宗砌の独吟連歌懐紙を返却した記事が見え、文正元年（一四六六）二月十七日には十日に行われた『北野御千句』中の発句三句が、翌、十八日の記事には、浦上美作守との茶話で、布施下野守の発句と美作守の付句が話題に上ったことが記されている。

相国寺内で詩歌会が催され、そこに公家が赴いた例は、少し時代が下がるが多く見られる。鷲尾《わしお》隆康《たかやす》の日記『二水記《にすいき》』[56]から羅列しておきたい。

○永正十五年（一五一八）五月二十三日
万松軒（宗山等貴）に参る。今夕伏見殿（邦高親王）入道宮渡御。逍遙院（三条西実隆）参らる。（略）二十首之《の》当座之《これ》有り。出題入道宮遊さる。僧衆作詩。今夜月待ち為《た》る之《の》間、暁天に及び酒宴有り。

○永正十七年（一五二〇）七月三日

鹿苑院に参る。御斎有り。冷泉前中（永宣）・中山中（康親）・庭田中将（重親）・高倉少納言（範久）等同じく参る。

午の程より御聯句有り。

この内、前者の会のことは三条西実隆《さんじょうにしさねたか》の家集『再昌草《さいしょうそう》』[57]にも、

二十三日、入道式部卿宮、万松軒へ渡り給ひて、月待つとておのおのさぶらひしに、題を探りて二十首の歌詠み侍りしに、夏雲、入道宮出題

短夜に待たれて遅き月をこそ思ふが上の嶺の白雲

と見える。

次は『実隆公記』[58]の例である。

○長享三年（一四八九）六月二十三日

今夕万松軒に参る。阿野少将・［　　］・周全・［　　］、囲碁・象戯・聯句・口号。盃酌数巡、其の興浅からず。月の出を待ち就寝。

○大永三年（一五二三）六月二十三日

晩頭鹿苑（等貴）に参る。待月・象戯・碁局各参会。竹風夜涼、詩歌之《これ》有り。

実隆は永正から大永年間にかけて、当時の鹿苑院主《ろくおんいんしゅ》、宗山等貴《しゅうざんとうき》と密接な交流があったようで、『再昌草』には、等貴の院や軒である鹿苑院・万松軒《ばんしょうけん》での詩歌会の記事がいくつも記録されている。以下はその例である。

○永正十二年（一五一五）三月二十六日

帰路、万相（松）軒にて各詩歌ありて、暮春雨

雨霞む庭を千里の海山に暮るとも春のよそにやは行く

○永正十八年（一五二一）三月七日

常徳院贈太相国三十三回追春とて、万松軒にて歌を取り重ねられしに、花下言志、勅題、御製出ださる。客殿彼の真影を掛け、其の前に於いて重親朝臣、詩歌読み申す

石上《いそのかみ》ふるき涙の今日さらに思へば花はつれなかりけり

○永正十八年六月二十三日

鹿苑院にて月を待ち侍りしに、人、詩歌ありしに、対泉待月

掬ぶ手に月を添へばやまし水はただ涼しさを光ながらに

○永正十八年十二月四日

万松軒に於いて当座二十首、冬木、民部卿入道題

夜の雨雪ならましの朝戸出に下葉露けき軒の松風

○大永三年六月二十三日

鹿苑院にて月を待ちて、当座、竹風夜涼

涼しさは秋をも待たじ呉竹の葉分けの風に月をまかせて

○大永五年（一五二五）十二月九日

万松軒一献申されて、二十首歌御張行ありし、将軍召しありて参りたりしに、題を探りて、

梅薫袖、勅題

梅が香を今日の袂に包みもて影の朽木の身を忘れぬる

宗山等貴は式部卿貞常《さだつね》親王の王子で、相国寺常徳院《じょうとくいん》万松軒に入って、その軒主であったが、永正八年（一五一一）正月二十日、鹿苑院主に任ぜられ、大永六年（一五二六）二月十五日に没している。宗山等貴は出自の関係もあって実隆との交流が深かったのだと思われるが、相国寺はその創建当時から、公家、武家との関係、それと絡まって、文事が盛んに行われていたことは推測できることである。

相国寺と和漢聯句

前節では相国寺と文芸の関わりをみてきたが、和漢聯句はどうであったかに論及しておきたい。禅僧の文芸は漢詩文が主であって、詩歌会であっても漢詩作者であることがほとんどであった。しかし、同席している環境からは、禅僧とて和歌に関心がまったくなかったとは考えられない。ただ、詩歌会の場合は和歌と漢詩がそれぞれ独立して詠まれるので、その密接度はそれほど深くはないとも言える。ところが、和漢聯句の場合は和句（連歌句）と漢句（漢詩句）が結合した形として出現す

る。この点では、和歌と漢詩を繋ぐものとして、公家と禅僧が融合するにはもっとも適した文芸と言えるに違いない。

そうであれば、このような和漢聯句が五山僧を交えて公家などの邸第で、さらには禅寺の中でも頻繁に行われていたことは想像にかたくない。以下、連歌の例を見る前に、こちらの例をしばらく追っていくこととする。

宮内庁書陵部などが所蔵する貞和二年（一三四六）三月四日張行の「和漢聯句」は、現存する最古の和漢聯句であるが、これは京都大学附属図書館本によれば「西芳精舎御会和漢聯句」とあり、現在の西芳寺でのものと認められる。夢窓疎石《むそうそせき》の発句による作品である。[59] この連衆には禅僧の他、長井広秀《ひろひで》、上杉能重《よししげ》らの武家が加わっている。

具体的な作品は残されていないが、義堂周信《ぎどうしゅうしん》の『空華日用工夫略集《くうげにちようくふうりゃくしゅう》』[60]には和漢聯句の記事が多く見られる。康暦二年（一三八〇）八月八日条に「二条殿の倭漢聯句会に赴く」とあるのは、二条良基《よしもと》邸での会のことであるが、本書の内でもっとも古い例である。永徳二年（一三八二）十月十三日条には「府君の命を承け西芳精舎の紅葉の会」で、良基発句、足利義満脇（対句）の和漢聯句が催され、周信が第三を詠んでいる記事が見える。これは禅院での会である。他に、南禅寺《なんぜんじ》（永徳三年六月八日）、建仁寺《けんにんじ》（同年七月四日、至徳元年十一月八日）、等持寺《とうじじ》（至徳元年二月三十日[61]、至徳二年二月二十一日）、大慈院《だいじいん》（至徳元年十一月十六日、同年十一月三十日）、竜華院《りゅうげいん》（至徳三年二月三日）など諸々の禅院での会が記録されている。

相国寺が創建されれば、そこでも行われたことは推測するに難くない。次の例は『空華日用工夫略集』に記録された相国寺鹿苑院でのものである。まず、永徳三年十二月八日条には「余鹿苑に在り。府君太清及び余を留めて帰寺を許さず。摂政殿等を招きて倭漢聯句す」とあり、至徳元年（一三八四）十二月八日条には「鹿苑倭漢の会に赴く」、至徳二年八月十五日条には「府君の命を承け、早に鹿苑倭漢聯句の会に赴く」と見える。

時代が下がるが、次に挙げるのは、宗祇の師、宗砌が文安五年（一四四九）、相国寺鹿苑院での和漢聯句に臨んでの発句である。この頃、宗祇はまだ相国寺にいたのではなかろうか。

十二月七日相国寺鹿苑院主事寮にて、和漢聯句発句に

玉の塵積もるや四方《よも》の雪の山

（『北野会所連歌始以来発句』[62]）

相国寺と連歌

連歌に関しての資料は少ないが、『親当句集』[63]に、

四月の始めの比、相国寺にてにはかに発句所望せられしに

雨よりも見し花くたす卯月かな（32）

十月一日相国寺都聞寮にて

唐衣ぬきもかへでの紅葉かな(46)

などと見える。これらは和漢聯句の発句ではなく連歌のものであろうか。禅院では確かに和漢が多かったと思われるのであるが、『卜純句集』[64]には、

相国寺徳浜《カ》千句連歌に

見ずもあらぬ色かやいつの春の花

という作品が残されており、連歌そのものも行われていたことと思われる。金子金治郎は前引の『親当句集』の発句を挙げて、相国寺の連歌について、次のように述べている。

親当の「からころも」は、都聞寮で張行されている。都聞は、禅林職位の一つで、都文《ツウブン》とも書く。禅林の組織は、後にも述べるように、経済面を担当する東班と、文教面を担当する西班に分れ、前者には、都寺・監寺・副寺以下の職分がある。都聞は、相国寺では、都寺の上に序列したという(『禅林象器箋』第七職位門)。都聞寮はその執務場所となる。文教面を担当する首座・書記・蔵主等々と違い、寺の維持・経営に当たる者だけに、堅い漢詩文だけでなく、世上に流行の連歌を嗜む者も多かったようである。[65]

金子はさらに、「後世宗祇自身が相国寺に招かれて張行の連歌作品があるが、その多くは都聞主催のものである」として、宗祇の作品参加の連歌を四種、および『下草』の発句一句を挙げている。この内の明応七年(一四九八)閏十月六日「何人百韻」は「於相国寺」と端作があり、都聞《つうぶん》であっ

たという集料《しゅうりょう》が脇を詠んでおり、相国寺都聞寮での連歌であることは確かであろう。『下草』[66]中の発句も、「定家卿墓所にて名月の夜、善都聞の興行にて」という詞書がある。「善」は「正善」である。他は①文明十四年（一四八二）三月七日「薄何百韻」[67]、②長享二年（一四八八）卯月「朝何百韻」[68]、③明応五年（一四九六）八月十五日「山何百韻」[69]であるが、②は宗祇発句、正《しょう》善《ぜん》脇、肖柏《しょうはく》第三、③は兼載《けんさい》発句、正善脇、宗祇第三の作品で、一般に脇の作者が亭主であることから、正善のもとでのものと思われる。この正善は金子が指摘しているように、『実隆公記』明応七年閏十月十一日条に名の見えるものである。

　早朝玄清法師庵に向かふ。是、南昌院宗棟長老連歌興行。予会合本望為《た》るの由、先日内々相示すの間、黙止し難きに依て罷り向かふ者也。連歌人数、予・宗棟長老・宗祇・宗長・玄清・宗作・宗坡（執筆）・宗仲・宗碩・正善都聞（普広院東隣）・玄宣（明智入道）・政宣（明智中務少輔）・承意法印（常寂院）・宗朗侍者（南昌同宿之僧）等也。

正善は相国寺都聞で、普広院《ふこういん》東隣に住していたことが分かる。この正善とは、宗祇は延徳二年（一四九〇）七月二十三日の「何舟百韻」でも同席している。この時は宗祇発句、祐目脇、肖柏第三で、正善は第五句以下、合計七句を詠んでいる。ただし、先に指摘した①は宗祇発句、守穆脇、正善第三であるので、こちらは相国寺でのものとは判断できない。

　また、金子は初編本『老葉《わくらば》』[70]（吉川本）に、「蔵集軒にて、柳を」、『宇良葉《うらば》』[71]に「蔵集軒にて、秋のはじめに」、さらに、兼載の発句集『園塵《そののちり》』[72]第一に「相国寺蔵集軒にて」という詞書のある句を紹介している。この蔵集軒《ぞうしゅうけん》は相国寺、普広院に属する軒のようで、正善の住坊であった可能性がある。

宗祇、兼載参加のものは、宗祇が都で名をなしてからのものではあるが、これ以前から、相国寺では内々であっても連歌が行われたことは想像できることである。宗祇が若年時に、相国寺内で連歌に接してたことは認め得ることだと思う。

金子のいうように都聞寮は自由度が高く、また、宗祇らが実際に連歌会に加わっていることからは、相国寺で連歌に触れるのには、この都聞寮が一番ふさわしいのかも知れない。宗祇が住した所として、この都聞寮を挙げることができそうな気もするが、それは推測が過ぎることであろう。ただ、宗祇と正善は、文明十四年の連歌で同席しており、かなり早い時期から長期に渡って交流があったことは確かなことである。年齢など不明な点もあり、二人の関係が文明十四年からどれほど遡れるかは分からないが、この縁は宗祇が相国寺にいたことが関わっている可能性があると思う。

連歌師への道

宗祇が連歌師として世に出る前、どのような生活をしていたのかについて、現在、判明していることを論述してきた。ほとんど不明なことばかりであるが、その出自がどうであろうと、恵まれた幼少、少年時を過ごしてきたのではなさそうなことは確かだと思う。年少時から文学的才能が豊かであったであろう宗祇が禅僧以外の道を模索したことも納得できることである。問題はそれがどうして連歌であったのかである。前節では宗祇が相国寺で連歌に触れる機会を持ったであろうことを推測した。しかし、そのことと、宗祇が連歌師となる決意をすることとは直結することではない。なぜ、文学的才能のある青年が連歌を選んだのか、その答えを見出すことは難しい。

宗祇はそのことについて、何一つ吐露していない。先の「紹巴《じょうは》との類似」の節で類似する連歌師として挙げた紹巴は、『戴恩記《たいおんき》』[73]によれば「連歌師は易き道と見えて、職人・町人も貴人の御座に列れり」と述べたという。

たまたま、連歌によき師を見出した、他の文芸、たとえば漢詩文や和歌などより、連歌の方が得意であった、などの理由によるのであろうか。理由はさまざまに考えられるが、決定的なことは、当時、確たる家柄のない者が、文学で世に立つとすれば、連歌が一番適していたであろうことである。和歌は地下歌人として、頓阿《とんな》の系統である常光院《じょうこういん》流や正徹《しょうてつ》の系統の招月庵《しょうげつあん》流の人々が世で力を持ちつつあった。しかし、連歌と較べれば、まだ公家の歌道家をはじめとした貴顕の文芸であったと言える。早歌は宗砌に作品があることから、当時流行の芸能で、その詞章は文才のある者の手によったようであるが、しかし、詞章作者をもって世に立つのは困難であったと思われる。能や平曲などの芸能は特殊な環境での稽古が必要である。

それらに対して、連歌の方は十三世紀半ばころから花《はな》の下《もと》連歌師と称される地下連歌師が現れ、以後、善阿《ぜんな》・救済《きゅうぜい》・梵灯庵《ぼんとうあん》など出自を問わず、職業文学者というべき人々が陸続と活躍していた。紹巴の言うように「易き道」であるかは人によるであろうが、文才のあるものにとっては、世に認められる可能性の高い道と思われたのに違いない。しかも、連歌師はこれも紹巴の言のように、連歌の能力によって、貴顕とも交わることができたのである。このことは実際の連歌作品の連衆を一覧すれば首肯できることであるが、宗祇当時にはあったと思われる『北野天神連歌十徳』[74]には、その最後に次のような徳が挙げられてもいるのである。

十者貴《は》からざるも高位と交はる　誰が子をも育む君が親心　周阿法師

宗祇が連歌を選択したのは必然であったのではなかろうか。当時は出自にめぐまれないものの文才ある者に、連歌師などになることを押し勧める時代であったとも言い得る。宗祇はそのような時代に押し出されるようにして、連歌師となった。前述したように、その宣言として、前名を「宗祇」と替えたのであろう。そして、康正三年（一四五七）か寛正二年（一四六二）、おそらく後者の年に、その名を連歌壇に表した。本格的に貴顕に手づるを得るように活動したのもその頃からであったと思われる。

寛正年間、宗祇はようやく、連歌師として公家・武家などにも名が知られるようになる。これまでの遅れを取り戻すような忙しい日々を送り、都で地盤を築き始めていたことと思われる。しかし、それもつかの間、宗祇は関東へ旅立つのである。

第三章　関東下向

離京時期

文正元年（一四六六）五月、宗祇は住吉神社に詣で、北野天満宮の連歌会に参加、その後、都を離れ、関東へと向かった。宗祇の第一句集『萱草《わすれぐさ》』1の「夏連歌」の部に、

吾妻へ下り侍りし時、住吉に詣でて、まかり申し侍りしに、そのわたりにて、俄に人の勧め侍りし時

五月雨はいづく潮干の浅香潟

同じく吾妻へ下し時、北野十八日の会に、旅行の心を

帰らばと道芝結ぶ夏野哉

と関東へ下る直前の句が並んで収められている。引き続いて、『萱草』には、次の句が並ぶ。

武蔵野を見侍りし時

武蔵野に青葉の山や夏の草

なでしこを

なでしこの朝顔清し花の露

『萱草』は四季に部類された発句集で、その配列には作られた年は考慮されていない。したがって、うしろの二句が詠まれた年は不明と言わざるを得ない。ただ、「夏連歌」内は実際の年は考慮されていないものの、夏の時節を追って配列されていると考えられるから、この一連の四句も時節順に並んでいると考えてよいと思う。このことから推察して、二番目の句の詠まれた「十八日」が何月であるかをまず考えておきたい。

今、時節だけを見ていくと、はじめの発句は「五月雨」が詠まれており、五月の句と分かる。問題は次の句であるが、ここには「夏野」とあるのみで、月を限定することはできない。続く句は「夏の草」とある。この語については、宗祇はその著作とされている『初学用捨抄』[2]の中で、「五月に至りては」とした項目の中で、次のようなことを述べている。

草の茂りたる野辺を見ては、

夏草の茂りにけりな玉ぼこの道行く人も結ぶばかりに

と藤原元真の詠めるなど思ひより給ふべく哉《や》。道行く人の草を結ぶと言えるは、旅立つ時帰らむしるしに結ぶとなり。

この記述は『萱草』中の句「帰らばと」と「武蔵野に」の二句の状況と類似している。宗祇もしくはその周辺の人物の著者が『萱草』の発句を思い起こしてこれを記述したとも疑えるものであるが、それはともかくとして、このような時節観というものが、一般的であったことは確かだと思われる。そうであれば、三句目の「武蔵野に」の句は五月の句とみなしてよいことになる。四句目の「なでしこの」の句については、「なでしこ」は『初学用捨抄』の中で「六月物」とされている。このことも前の「武蔵野に」の句が五月の句とみなす助けとなるであろう。

このように時節を考察してくると、「北野十八日の会」は五月十八日の会ということでよいと思う。宗祇は文正元年五月、住吉神社に詣で、続いて十八日、北野天満宮の連歌に参加、その後に、都を離れたということになる。ただし、「武蔵野の」の句が文正元年かということ、これは違う。後に言及するように、宗祇はこの年の中秋まで駿河にいたと考えられるからである。一見、宗祇の関東下向の過程をこの三句で示しているように見えるのは、配列時の工夫であったのだと思う。

宗祇は文正元年五月の内か、遅くとも六月には都を離れた。寛正五年春に『熊野千句』でそれなりの存在感を示した時から、まだ二年ほどしか経っていない。現存の百韻作品から見れば、この期間、先に見たように、まだ、専順の門下という立場での活動があるのみである。これも前章で言及したように、『萱草』を見ると、実際は諸所で連歌を詠み、貴顕との交流も認められるが、当時はようやく都で連歌師としての地位を確立しつつあった時期と言える。連歌師宗祇にとって、もっとも重要な時期であったに相違ない。それにも関わらず、宗祇はその都を離れたのである。ここにはどのような理由があったのであろうか。

当時の文芸界において、都鄙の差は大きく、ましてや貴顕との交流に関しては都を離れることの不利は言うまでもないことであろう。二条良基《よしもと》の跡を継いだ梵灯庵《ぼんとうあん》も、『老のくりごと』[3]の中で心敬に次のように言われている。

梵灯庵主よろしき好士にて世もてはやし侍りしに、筑紫の果て、東の奥に跡を隠し侍ること、二十とせにも及び侍るにや。その後六十余りにて都に帰り侍りては、言葉の花色香もしぼみ、心の泉流れ、濁れるにや。風体たづたづしく、前句どもひたすら忘れ給へるとなり。年久しく廃れて、跡なく下り給へるも、ことわりならずや。

このようなことは梵灯庵の門下で、宗祇の師であった宗砌《そうぜい》の心配事でもあった。宗砌は応永三十四年（一四二七）頃から永享五年（一四三三）頃までおよそ十年間、高野山に隠棲していたが、その折の懸念をみずから『初心求詠集』[4]で、

田舎にては連歌の下がると申し候。げにもさぞ候ふらん。

として、同様に高野山に隠棲した真下満広《ましたみつひろ》がかえって連歌の「上手の位」に至ったという例を挙げて、次のように述べている。

それがし思はく、さては田舎の塵に身を交へたりといふとも、心を京洛の花に遊ばしめけるにやと、朝夕ゆかしく侍るぞかし。

宗祇にはこのような思いはなかったのであろうか。当時の関東には取り立てて優れた連歌師・愛

好者はいなかった。宗祇は関東では第一人者として遇されている。よほど自信があったのか、都にいられなかった切迫した理由があったのか、それとも、何かしらの要請があったのであろうか。

出京期の京都の様相

宗祇が都を離れた文正元年（一四六六）五月もしくは六月とはどのような時期であったのであろうか。いわゆる応仁文明の乱の勃発はその翌年の正月のことである。将軍は足利義政《よしまさ》、管領は畠山政長《まさなが》であった。跡継ぎのいなかった義政は寛正五年（一四六四）十一月二十五日に浄土寺門跡であった弟、義尋《ぎじん》（義視《よしみ》）を後継者として還俗させたが、その一年後には、日野富子との間に長男、義尚《よしひさ》が生まれた。畠山氏の方に目を向ければ、畠山政長の管領就任は義尋の還俗の直前、寛正五年十一月十二日であるが、寛正元年九月十六日に畠山の家督を譲られて以来、それを不服とする畠山義就《よしなり》と争いを続けており、応仁元年（一四六七）一月八日、応仁文明の乱が始まると罷免されることとなる。この期間、さまざまな段階での権力闘争が繰り広げられていたが、実質的な実力者は政長に管領職を譲っていた細川勝元《かつもと》と言ってよく、権力構造は複雑な様相を呈していた。

一方で、義政の直属の家臣として将軍を支えていたのは、伊勢貞親《さだちか》であった。貞親は、義政の元服以後、親の貞国《さだくに》が二階堂忠行《ただゆき》に譲っていた政所執事に寛正元年六月に就任、幕府領荘園や政所管轄の京都の商工業に関する実権を握っていた。[5] また、貞親は足利義尚の乳父でもあった。この貞親は文正元年（一四六六）九月五日の文正の政変で一時、失脚し、伊勢国に逼塞するが、翌年、応仁元年六月三日、伊勢の国人、関氏・長野氏の軍勢を率いて上洛する。文正の政変の折には、当時、相国寺蔭凉軒主《いんりょうけんしゅ》として、政治に深く介入していた季瓊真蘂《きけいしんずい》も共に失脚、一時、近江の牛口山に避難していたが、応仁二年（一四六八）に義政に呼び戻されている。

このような当時の時代背景の中で、宗祇の立ち位置を見ていくと、人物関係、権力の移りゆきなどはあるものの、大きくは、足利義政・義尚、伊勢貞親、季瓊真蘂、細川勝元、畠山政長といった、当時の政権の中枢と関わりが深かったと言ってよいと思う。

翻って、宗祇周辺の連歌関係者を見てみると、最初の師の宗砌《そうぜい》は主家の山名持豊《もちとよ》（宗全《そうぜん》）の失脚と共に、但馬下向、康正元年（一四五五）一月十六日に没している。宗砌と年齢の近い忍誓《にんぜい》も康正元年に、東国に下向、間もなく亡くなったらしい。宗砌の跡を継いで、北野天満宮連歌会所奉行に就いた能阿は元来、将軍家の同朋衆であるから、義政との深い関係の中にいた。宗祇が師事した専順も義政に認められてその連歌会に幾度も伺候しており、寛正年間は勝元と同座することが多かった。心敬はもともと将軍家と縁の深い京都東山山麓の十住心院《じゅうじゅうしんいん》の住持になっており、寛正五年春の勝元被官、安富盛長《やすとみもりなが》興行の『熊野千句』に宗匠として参加している。

こうした事跡を追ってくると、連歌壇の中核はやはり足利将軍家、細川勝元などの政権の中枢と深く関わっていたことが分かってくる。当時の連歌師という存在はそのような人々であって、宗祇も当然のことながら、そのひとりとして認められていったに違いないと思う。宗祇はそのような立場にいた者として、応仁文明の乱の半年前に関東に下向する。そこには何かしらの政治的使命が課せられていなかったのであろうか。あくまでも連歌文芸の担い手としての下向であったにせよ、何かしらの政治的役割が期待されていた可能性は捨てきれない。逆に言えば、勝元らからの使命などを負わされていず、宗祇みずからが自発的に行ったこととしても、宗祇は関東での見聞、働きを後に役立てようとした、結果的にそれが役立つことになった、ということはあったと思う。

政治的な関係ではなく、長禄三年（一四五九）から寛正二年のいわゆる寛正の飢饉と呼ばれている社会不安も出京する理由として挙げられるかも知れない。しかし、それでは戦乱にせよ、飢饉にせよ、関東が都より状況がよかったかというと、そうとは思えない。宗祇が都を捨て、関東の有力武将たちに連歌師としての生活の活路を見出したとしてもそれはかなりの賭けであったに違いない。

関東の状況

戦乱は京都だけのことではなかった。関東も早くから内乱状態に陥っていた。しかも、その混乱は常に京都の室町将軍家との関わりの中でもたらされた面も強かった。室町幕府はその成立当初から、ほぼ独立した東国統治機関として鎌倉府をおいた。必然的に、都の公方（将軍）と鎌倉公方の力関係は、常に血筋、年齢、統治能力などが絡みながら揺れ動き、鎌倉公方の力が増した時は独立性を強め、さらには都の将軍職を窺うまでにもなった。両者の対立は宿命的なものであったと言ってよい。

宗祇が下向する時代に直結する出来事としては、応永二十三年（一四一六）十月の上杉禅秀の乱があり、その反乱を鎮圧した鎌倉公方、足利持氏《もちうじ》はみずからの力を誇示するにつれ、五代将軍、義《よし》量《かず》没後の将軍職を狙って、幕府と対立、正長二年（一四二九）、永享の乱を引き起こす。持氏は結局、六代将軍、義教《よしのり》が派遣した征東軍によって永享十一年（一四三九）二月十日自害、しかしながら、その翌年、永享十二年三月には結城氏朝《うじとも》が持氏の遺子ふたりを立てて、再び反旗を翻す。いわゆる結城合戦である。

この後、幕府は鎌倉公方に持氏の四男、成氏《しげうじ》を立て、動乱を収束させようとしたが、成長したこの成氏は永享の乱で父、持氏を自害に追い詰めた関東管領、上杉憲実《のりざね》の息、憲忠《のりただ》を仇敵として、享徳三年（一四五四）十二月二十七日に鎌倉で謀殺、関東は鎌倉公方と関東管領家である犬懸《いぬがけ》・山《やまの》内《うち》・扇谷《おうぎがやつ》の上杉氏とが対立する事態となる。享徳の乱である。成氏は管領家の連合軍によって、鎌倉を追われ、下総国の古河《こが》に逃れ、以後、ここを拠点にして鎌倉の奪還を計ることとなる。このことにより、関東は東国の大内乱と呼ばれる動乱期に入っていくことになる。

幕府は古河公方と呼ばれるようになる成氏に対して、長禄元年（一四五七）十二月十九日、天竜寺香厳院《きょうごんいん》主であった清久を還俗させ、政知《まさとも》と改めさせ、成氏に代わる鎌倉公方として関東に遣わした。しかし、政知は鎌倉に入ることができずに、伊豆国の堀越《ほりごえ》に居を構えることとなり、古河公方に対して、堀越公方と称されるようになる。以後、両者の対立は、文明十四年（一四八二）十二月、両者が拠点を動かさないことを了承しての和睦まで続くこととなる。

宗祇が関東へ下向する時代の関東の状況を概観してきたが、宗祇は以上のような根の深い有力武将同士の動乱のただ中を関東へ下っていったことになる。

この時の宗祇の関東下向については、拙著『連歌師という旅人　宗祇越後府中への旅』[6]で詳説した。詳細はそれによってほしいが、ここでは有力武将との繋がりということを中心に必要なことと、前著では詳しく触れることができなかった、伊勢への旅、『白河紀行』に関わることなどに言及しておきたい。

今川義忠との出会い

宗祇が都を出た後、どのような経路を通って、関東に赴いたかは分からないことが多い。ただ、『萱草《わすれぐさ》』[7]第三「秋連歌」の部に次のような作品が残されている。

①　東へ下りし時、駿河国にて
　世こそ秋富士は深雪の初嵐

②　同じき国今河礼部亭にて

風を手にをさむる秋の扇かな

これらは下向時のものと推測される発句である。①は「初嵐」、②は「をさむる」「扇」が詠み込まれていて「初秋」の句と考えられる。「今河礼部」の「礼部」は治部の唐名で、今川治部大輔義《よし》忠《ただ》のことである。

駿河国の守護家である今川氏は歴代、動乱鎮圧のために将軍に命じされて関東に幾度も赴いている大名であった。禅秀《ぜんしゅう》の乱では範政《のりまさ》が、永享の乱、結城合戦の時は範政の息、範忠《のりただ》が、享徳の乱でもこの範忠が幕府軍の中心的存在として関東に入り、長禄四年（一四六〇）二月まで鎌倉に留まって、駐留軍の司令官的な役割を果たしている。

義忠はこの範忠を父とする。範忠は寛正二年（一四六一）頃に没しており、宗祇下向当時、この義忠が駿河守護を継いでいた。この義忠にも、寛正四年、寛正六年、幕府から古河公方、足利成氏《しげうじ》追討の命が下ったが、義忠は軍を動かさなかった。寛正六年六月には逆に西に向かい、斯波義廉《しばよしかど》の領国である遠江国を攻め、守護代狩野宮内少輔を滅ぼしている。元来、斯波義廉は父の渋川義鏡が堀越《ほりごえ》公方、足利政知《まさとも》の補佐役とされていた関係から、足利義政《よしまさ》から重んじられたらしいが、義鏡の政治的失敗により、疎んじられ、義廉の斯波氏家督はもともとの家督継承者であった斯波義敏《よしとし》に戻されようとする動きがあったらしい。

今川義忠がどうして幕命に従わなかったのかは不明であるが、当時、義忠が幕府、応仁文明の乱の東軍側から大きな期待を掛けられていたことは推察できる。先に引用した発句の内、②は秋になって不必要になった扇を「手にをさむる」の意を表面に詠みながら、実質的には義忠が「風」つまり「風雲」、世の乱れを治める、という意を込めて、その力、治世を寿いでいることは明かである。連歌発句は多かれ少なかれ、連歌会の主催者をこのように讃えるのであるが、ここには幕府の意図が反映しているように思えてならない。

宗祇は駿河府中にはひと月半ほど滞在していたようである。それは、『萱草』に次のような詞書のある句が載せられていることから分かる。

清見関《きよみがせき》にて、これかれ終夜《よもすがら》月を見侍りて、暁方、一折《ひとをり》と勧め侍りし時

月ぞ行く袖に関守れ清見潟

この句は終夜、月を見たとあり、八月十五夜のことに違いない。問題は何年のことであるかであるが、後に宗長が『宗長手記』[8]の大永四年（一五二四）七月二十九日の記事で次のような思い出を語っており、これが宗祇が関東下向の文正元年時のものであることが分かる。

二十九日、宗祇故人、先年、当国下向思ひ出でて、折に合ひ侍れば、年忘れの一折張行。

思ひ出づる袖や関守る月と波

この心は、先年、この寺に誘引して、関にて一折の発句、

月ぞ行く袖に関守れ清見潟

思ひ出づると云ふ愚句なるべし。『新古今』に、

見し人の面影とめよ清見潟袖に関守る波の通路

この歌、本歌にや。宗祇、この寺の一宿、今年五十八年になりぬ。

冒頭の二十九日が「折に合ふ」とあるのは七月二十九日（実際は三十日か）が宗祇の命日であったことを示唆している。その命日に、宗長はかつて、実はそれは宗長が宗祇に面識を得た最初の時なのであるが、宗祇と清見関にある清見寺《せいけんじ》で一泊したことがある、今年はその年から数えて五十八年目にあたると語っている。大永四年より五十八年前は正しく文正元年である。したがって、先に引いた「月ぞ行く」の句は文正元年のものと判断できる。

宗祇のことに戻ると、宗祇は文正元年八月十五夜に清見関まで来ていた。これは駿河府中滞在中での遊覧ではないであろう。先述したように、府中に一と月半ほど滞在した後、宗長に見送られて、ここまでやって来たと考えられる。

その後、宗祇がどのような道を辿り、誰を訪ねながら歩を進めたかは不明である。三島を通り、足柄か箱根を越えて関東平野に入っていくのが道筋である。当時、伊豆の堀越には堀越公方、足利政知がいた。堀越に赴いたかどうか。三島周辺には堀越公方側、つまり足利義政側の武将が多くいたであろうから、それらの人々との交流はあったと想像されるのみである。

関東有力武将との出会い

宗祇が武蔵野（関東平野）の中心部へどのように入っていったのかも不明である。鎌倉へ寄らないとすれば、ほぼ現在の小田急線（大山街道）沿いに町田市まで行き、その後、当時の主要路であった鎌倉街道上道《かみつみち》を辿って府中市、埼玉県所沢市と関東平野を北上して、当時、関東管領方の前線基地であった五十子《いかっこ》の陣へ向かったのではないかと思う。

途中は古代からの相模国の中心部で、現、神奈川県海老名市には国府・国分寺があったとされ、宗祇下向時には伊勢原市の糟屋《かすや》庄には扇谷上杉氏の居館があった。当主は上杉政真《まさざね》であったが、家宰は太田道灌《どうかん》であった。ただし、かれらは河越城を主として関東を転戦しており、宗祇下向時、糟屋でかれらとの面会は果たせなかったと思われるが、関係武将とは何かしらの接触はあったことは推察できる。

関東の有力武将との面会が具体的に判明するのは、『萱草《わすれぐさ》』[9]に載る次のような詞書・発句による。

①　東へ下り侍りし時、太田の備中入道の山家にはじめてまかりたりしに、数座侍りし会の中に、

花の名を聞くより頼む山路かな

②　長尾左衛門尉はじめて参会の時、九月尽に

秋を塞《せ》け花は老いせぬ菊の水

①の「太田の備中入道」は当時、越生《おごせ》（現、埼玉県入間郡越生町）に退隠していた太田道真《どうしん》のことである。既に太田氏の家督は道真の息、道灌《どうかん》が継いでいたが、五十六歳の道真はいまだ扇谷上杉氏を支える要めであった。

この発句には「聞く」に「菊」が掛けられている。したがって、九月九日、重陽の節句の折の句と考えられる。菊への仮託は、隠棲した道真に相応しく、また句中の「頼む」には関東の実力者、道真からの末永い庇護が得られることへ期待が吐露されている。

②の「長尾左衛門尉」は関東管領、山内上杉氏の家宰であった長尾景信《かげのぶ》である。この景信こそ当時、両上杉家を束ねて古河《こが》公方に対抗する勢力の中心にいた人物である。文正元年（一四六六）二月十二日、管領、上杉房顕《ふさあき》が三十二歳の若さで急死した後に、越後の上杉房定《ふささだ》に働きかけて、その次男、当時十三歳であった上杉顕定《あきさだ》を山内家の跡継ぎにと願い、管領に仕立てた功労者でもあった。景信の力はますます大きくなっていた。当時、その役割に相応しく、現、埼玉県本庄市、利根川の西岸に築かれていた堀越《ほりごえ》公方側の最前線であった五十子の陣にいたと思われる。

この発句には「菊の水」が詠み込まれている。「菊の水」自体は①と同様、重陽のもので長寿をもたらす霊水である。その「菊の水」によって「秋を塞け」ということで、秋が去るのを引き留めろという句意である。九月尽に相応しい内容であるが、当然、景信の長寿を願う含意がある。当時、景信は五十四歳であった。

『萱草』には年が記されていないので、この両句がいつ詠まれたかは明確にはできない。しかし、両者の詞書には「はじめて」の語があり、少なくとも宗祇がこの両者とのはじめての会であったことは分かる。鎌倉街道を下ってきた宗祇が、一年以上もの間、関東武士の中での最大の実力者二人に面会を求めない、また、逆に都で名を高めつつあった宗祇をかれらが招かないということは考えにくい。そうであれば、この両句は文正元年のものとみなしてよいと思われる。

この両句を以上のように捉えれば、宗祇は文正元年八月十五日に清見潟を通過、二十余日掛けて、九月九日に川越付近、二十九日には五十子まで来ていたと考えてよいのであろう。

五十子の陣は『太田道灌状』[10]に「五十子御陣の事三十年に及び、天子御旗を立てられ候の処」とあり、享徳の乱以来長く都の公方（将軍）側の最重要地であった。宗祇は都を出て、今川義忠《よしただ》、太田道真、長尾景信という足利義政《よしまさ》および細川勝元《かつもと》の関東経営にとってもっとも肝要な武将と立て続けに面会を果たしたことになる。

宗祇は堀越公方側である上杉氏の家宰の家であった長尾氏とは景信だけでなく、深く関わっていたようで、この年の十月には、連歌論書『長六文《ちょうろくぶみ》』を孫六（総社長尾氏の景棟《かげむね》）に、恐らく翌年、『吾妻問答』を景信の息、孫（弥）四郎（景春《かげはる》）に献じている。

太田道真との関係は、『萱草』や初編本『老葉《わくらば》』（吉川本）の詞書に道真主催の連歌会で宗祇が発句を詠んでいることが記されており、また、河越城での『河越千句』に加わるなど、密接な交流が知られるが、息、道灌の会にも出座したことが次のように『老葉』[11]（吉川本）に見える。

太田左衛門大夫の許《もと》にて、蓮を

蓮葉《はちすば》も汀にうづむ匂ひかな

この句の詞書は後の句集『宇良葉《うらば》』[12]には「太田左衛門大夫入道道灌せし会に」とされており、道灌邸連歌会での発句であることが確認できる。

岩松（新田）氏との関係も一例であるが、『萱草』に次のようなものがある。

新田礼部亭にて、同じ心（落葉の心）を

雨とのみ散りしもしるき朽葉かな

「岩松礼部」は家純《いえずみ》と思われ、上野国の東部を支配下に置いた武将である。文明三年（一四七一）四月には、古河公方、足利成氏《しげうじ》方が来攻したが、撃退したという。『松陰私語』[13]によれば文明十年七月には太田道灌が訪れたという。この家純の孫に尚純《ひさずみ》がいるが、この尚純は連歌愛好者として知られ、『連歌会席式』という連歌会の作法に関する著作がある。

白河への旅

結城直朝《なおとも》（道朝《どうちょう》）も宗祇が関係した重要人物である。『萱草《わすれぐさ》』[14]に次のように見える。

白川関見侍りし時、修理大夫入道初めて招請せられしに

木枯らしに思ふ都の青葉かな

この「修理大夫入道」は結城直朝のことで、白河城主である。宗祇は応仁二年（一四六八）十月に白河の関を訪れているが、その時の土地の領主が白河結城氏であった。結城氏は禅秀《ぜんしゅう》の乱、結城合戦では幕府に反攻するなど、時期によって古河公方側に付くことがあったが、この直朝は享徳の乱の後には、古河《こが》公方、足利成氏《しげうじ》から追放された宇都宮等綱《ともつな》を保護し、幕府からも成氏追討の命を承けるなど幕府側に付いていた。直朝の時代、結城氏は奥州南部から下野まで影響下に置いており、幕府からも重んじられた。[15] 宗祇はこのような時に白河の関を訪れたのである。

この白河への旅は『白河紀行』[16]として書き残されている。この紀行によれば、筑波、黒髪山（日光、男体山）、塩谷を経ての白河訪問であった。冒頭に、

筑波山の見まほしかりし望みも遂げ、黒髪山の木の下露にも契りを結び、それよりある人の情にかかりて塩谷といへる処より立ち出て侍らんとするに、

とある。

筑波山では「彼の寺」で連歌を巻いている。『萱草』には次のようにある。

筑波山を見侍しに、彼の寺にして侍りし一座に

山高み雲を裾廻《すそわ》の秋田かな

「彼の寺」は筑波山寺（知足院中禅寺）だと思われる。神仏習合の修験寺院として栄え、代々、常

陸国の守護家であった小田氏の一族が別当を引き継いでいた。宗祇は、小田氏も訪れている。その句が冬の句であることを考慮すると帰路であったであろうか。初編本『老葉《わくらば》』[17]（吉川本）に、次のようにある。

小田式部太輔亭にて

氷よりひく眉ならし滝の糸

小田氏の居城は筑波山の麓にあった。当時の城主は小田成治《しげはる》である。小田氏は成治の祖父、持家《もちいえ》以来、成氏に仕え上杉管領家と対立していたが、宗祇の訪問当時はどのような立場にいたかは判然としない。往路のことに戻ると、筑波から日光へは宇都宮を通って向かったと思われるがその証拠はない。ただ、初編本『老葉』（吉川本）には次の作品が見える。これも冬の句ということで、先の小田氏館での句と同様に帰路のことであろうか。

宇都宮右馬頭の亭にて、雪を

池晴れて山水寒し雪の陰

この宇都宮右馬頭は金子金治郎『旅の詩人　宗祇と箱根』[18]で、宇都宮正綱（文明九年九月一日没、三十一歳）かと思われる。芳賀家《はがけ》から入って、寛正四年家督をついでいる。侍従・左馬頭《さまのかみ》・下野守《しもつけのかみ》である。（前掲句引用略――筆者注）右馬頭は正綱の左馬頭に合わないが、『宇良葉』には下野守とある。

と推察されている。その上で金子は宇都宮氏が「古河公方がたの有力大名」であったことを理由に宗祇との関係に疑問を感じているが、先述したように、正綱の父の等綱は成氏に攻められ、結城直朝に庇護され、その跡を継いだ正綱は文正元年（一四六六）六月以来、将軍義政から成氏追討を促されていた。正綱は五年ほど躊躇の後、文明三年（一四七一）八月には幕府に味方することを決意している。宗祇がこの正綱を訪れたのはこのように去就に迷っている時期であった。[19]

『白河紀行』の記述に戻ると、「筑波山」の次には、「黒髪山（略）契りを結び」とある。おそらく、輪王寺（中善寺）に旅宿を解いたのであろう。『萱草』には、

　　日光山はじめて見侍りし時

　黒髪に世を経し山や菊の陰

　　吾妻へ下り侍りし時、日光山にて初冬の頃、ある坊にて侍りし会に

　時雨るなと雲に宿かる高嶺かな

の二句が書きとどめられている。後者は『宇良葉』[20]では、

　日光山一見の時、中善寺にて、同じ心を

と詞書が記されている。輪王寺（中善寺）は永享の乱で幕府側に敗北した足利持氏《もちうじ》の遺児が逃れた寺である。結城氏に縁の深い寺であるが、先述したように結城氏の去就は複雑で、宗祇訪問当時は古河公方側に背いていた。前者には「菊」が詠み込まれており、九月九日の重陽の節句の句と考え

られ、後者は「初冬」の「時雨」が詠まれているから十月はじめの句で、宗祇は秋から初冬にかけて日光に滞在していたことになる。

次に訪れた塩谷は宇都宮氏の一族である塩谷氏の支配地であった。当時の当主は隆綱《たかつな》である。ちなみに、塩谷氏は鎌倉初期には宇都宮氏から入った朝業《ともなり》（信生《しんしょう》）が出た家で、朝業は『信生法師集』を著すなど、宇都宮歌壇の一翼を担った。

常陸に関しては、初編本『老葉』[21]（吉川本）に次の句が見える。

遊行上人、常陸におはしましけるを、神無月ばかりに尋ね奉りて

袖に見よ時雨に連れし山めぐり

これもこの折の旅の途次でのものと思われるが、往路であると季節と道順が不可思議である。『白河紀行』には、

袖に皆時雨を関の山路かな　　宗祇

を発句とする「於白川関　応仁二年十月廿二日」の端作のある百韻が末尾に付されており、帰路であるとしても、日程がきつい気がする。往路、日光に滞在中に常陸に戻ることもあったのかも知れない。そうであれば、先に小田氏や宇都宮氏居館での句も往路と考えてよいことになる。

以上、宗祇の白河への旅を追ってきた。宗祇はこの旅を『白河紀行』の冒頭で、「筑波山見まほしき望み」と書き、白河の関の個所では、「関に至りては、なかなか、言の葉に述べがたし」と筆

舌に尽くしがたい感動を記している。筑波山は二条良基の『筑波問答』で連歌発祥の地とされたいわば連歌の聖地である。「白河」は能因以来、歌人憧憬の歌枕であった。宗祇白河への旅は文学上はそのような思いの成就として捉えることのできるものである。しかし、関東動乱の時期、しかも幕府に対峙する古河の地の周辺を回るように旅する意味は、ただ、歌枕を訪ねることだけが目的であったのかどうか。

宗祇が、結城氏、小田氏、宇都宮氏など当時、堀越・古河の両公方の間で揺れ動いていた武将らを訪ねることには別の意味合いがあった、もしくはかれらに迎え入れられたことによって、結果的には別の意味合いが付け加わったのではないかと思う。

宗祇のはじめての関東下向の折に、どのような武将と接触したかを追ってきた。しかし、この旅の記録としてほとんど唯一の資料である『萱草』には武士との関係はあまり示されていない。これは次の句集『老葉』にさまざまな地方武士の名が多く登場するのに較べても、極めて少ない。まだ、武士との関係が薄かったと見るのか、主要な武将のみを書きとどめたのか、おそらくは両方の理由があったのであろうが、いずれにせよ、次の節で取り上げる上杉氏の他に、長尾・太田・岩松氏など、さらに元来、古河公方側であった結城氏ら、関東における重要武将との間に縁を結んだことは注意を払うべきことである。

越後上杉氏

文正元年（一四六六）二月十二日、関東管領、上杉房顕《ふさあき》が三十二歳の若さで急死したこと、その後に、越後の上杉房定《ふささだ》次男、当時十三歳であった上杉顕定《あきさだ》が山内《やまのうち》家の跡を継ぎ、関東管領となったことはすでに述べた。宗祇が都を出立する四か月ほど前のことである。諸家に分かれていた上杉氏の中で、当時、傍系であったとは言え、実力面では越後上杉氏がもっとも力をつけていた。

先述したように、享徳三年（一四五四）十二月二十七日、足利成氏《しげうじ》によって関東管領、山内上杉憲忠《のりただ》が謀殺された。享徳の乱のはじまりであるが、この憲忠の後継者として、管領になったのが越後国にいた憲忠の弟、房顕であった。このような経緯から窺えるように、上杉氏、特に、幕府にとって越後守護の上杉房定は関東においても重要な存在となっていた。幕府は享徳四年、上杉房定と駿河守護、今川範忠《のりただ》に出兵を要請する。『康富記《やすとみき》』22は同年三月三十日の条に、二十八日に上杉房定が関東へ向かったという伝聞を載せ、四月十五日の条には、

去る月の時分、関東御退治の為、武家より御旗、関東へ下さるなり。上杉・今河・桃井等これを賜ふ。下向なり。

と書きとどめている。

房顕が急死した後に、房定の次男、顕定が関東管領に推されたのはこのような事情を鑑みれば、必然であったと言える。

宗祇が都を立った時にこの継承が伝えられていたかどうかは不明であるが、少なくとも房顕の死は承知していたことと思われる。幕府側が上杉氏の悲報に多大な関心を持っていたことは確かであろう。宗祇にとっても年少の顕定はともかく、上杉房定との面識を得ることは他の武将以上に重要なことと認識していたに違いない。極論すれば、長尾氏や太田氏を次々に訪問したのも、最終的には房定に会う階梯の一つであったのかも知れない。道順についてもそのことが言える。越後上杉氏の関東での本拠は現、群馬県渋川市の白井城《しろい》であって、河越、五十子《いかっこ》などはその途次に当たるからである。

白井城から越後府中へ

宗祇は手順を踏みながら白井城《しろい》へ向かった。しかし、宗祇が白井城に着いた時にはすでに上杉房《ふさ》定《さだ》はそこにはいなかった。次男の関東管領職就任の後、しばらくして、文正元年（一四六六）の夏頃、領国の越後府中（現、新潟県上越市）に戻ってしまっていたのである。房定が関東に出陣してから十年目のことであった。宗祇はその事実を関東平野を旅している途中で聞き知ったであろうが、白井城まで赴かないことには何事も始まらない。途方に暮れたかと思うが、ともかくもこの年の末頃に白井城下に入った。次の発句は初編本『老葉《わくらば》』23（吉川本）に載る、白井城で房定の長男、定昌《さだまさ》に面会した時のものである。年始の挨拶を込めたものと思われる。定昌は関東管領となった顕定の《あきさだ》実兄で、父、房定の跡継ぎとして越後上杉氏を継ぐ立場にあった者である。

上杉典厩《てんきう》の陣所、上野国白井にて

咲くまでの梢に残れ雪の花

「上杉典厩」は定昌のことである。この句の含意については拙著『連歌師という旅人　宗祇越後府中への旅』で細かく触れた。詳しくはそれによってほしいが、そこで述べた趣旨は、定昌は当時まだ十五歳になったばかりで、父に期待されて関東管領に就いた実弟を助けるために関東に残されたのであるが、まだ、こころもとない感があったと宗祇は感じたためか、この句には定昌の後見役の長尾景信《かげのぶ》へ期待感が漂う、ということである。

宗祇はこの定昌とはこの後、長く交流することとなる。特に注目されているのは、定昌が長享二年（一四八八）三月二十四日、白井城で自害を遂げたと伝えられて、その哀悼のために宗祇が越後府中を訪れた事柄である。宗祇の家集『宗祇法師集』[24]には次の和歌が収録されている。

上杉民部大輔定昌逝去のよし聞きて、越路の果てまで下りて、六月十七日、かの墓所に詣で侍りしに、いつしか道の草繁くなりしを分け暮らして、帰るさに、

君しのぶ草葉植ゑ添へ帰る野を苔の下にも露けくや見ん

しかし、これは後々のことである。文正二年（応仁元年）の折には、宗祇は父、房定の面識を得ることが最大関心事であったに違いない。都を離れるのに際して、細川勝元《かつもと》などから何かを託され

ていたとすれば、そのもっとも重要な相手はこの房定であったであろう。

宗祇は応仁元年の始めまで、しばらく白井周辺に滞在していたと思われる。いよいよ、越後府中へ赴くのはその年の夏であったらしい。この半年間、関東に留まっていたのは、越後への旅が雪が残る時期には無理であったことが最大の理由だと思われる。白井からまっすぐ北に向かえば三国峠、現在の越後湯沢方面であるが、このあたりは有数の豪雪地帯である。信濃へ出て、現、妙高市を抜けて行くのでもこれは同じことである。少なくとも初夏を待つ必要があった。帰路も同じことで、信濃経由であったと思われるが、豪雪地帯は秋の内に抜けて、十月には信濃に入っていたことと思う。余談であるが、この折に宗祇は生涯の代表作となった次の発句を『萱草《わすれぐさ》』[25]の中に残している。

思ふ事侍る頃の会に、同じ心を
世にふるもさらに時雨の宿りかな

この出会いの後、宗祇は頻繁に越後府中を訪れることとなる。最初の時を含めて生涯八度の訪問であり、『宗祇終焉記』によれば、宗祇はこの府中を終の棲家としようと考えたという。その縁のはじめには関東動乱に絡んだことがあったのであろう。その後の縁は越後上杉氏の文芸愛好のこともあるが、三条西実隆《さんじょうにしさねたか》と越後を結ぶ深い関わりが重要であったと推察される。[26]ただし、これは後のことである。

伊勢へ

前節まで、宗祇の最初の関東下向とそこでの武将らとの交流を見てきた。都を離れていたのは七年ほどのことであった。その間、先に見たように白河や越後にも足を伸ばしていた。関東各地をめぐっていることも勿論のことである。最終的に関東を離れたのは、文明四年（一四七二）の晩秋のことであったと思われる。

このような動向の中で、応仁三年（文明元年）には伊勢・大和にまで戻ってきていたことが知られている。伊勢に着いたのは次の『萱草《わすれぐさ》』[27]の句と詞書によって、春かと思われる。

①　大神宮の法楽に

手向けぬを承けよ神路の山桜

②　二見浦見侍りし頃

水匂ふ入江は花の麓かな

③　伊勢国へ下りし時、山田にて神路の心を

多《さは》に見し蛍影なき朝日かな

『萱草』には他に次のものもある。

④　納涼の心を

花もがな嵐や訪はん夏の庭

⑤　大神宮法楽千句の十番目に
　神代にもかくや澄めるや空の月

伊勢の地名の見えない④の発句は再編本『老葉《わすれぐさ》』[28]（宗訊本《そうじん》）に「伊勢国司館にて千句侍りしに、納涼の心を」とあるものである。したがっていずれも伊勢で詠まれたものとすることができるが、ただ、これらがいつのものであるかを判断するのはむずかしい。まず、③は関東から伊勢に赴いたことを「下りし時」というであろうかという疑問が残る。この句は関東下向前に詠まれた可能性を考えておく必要があるかと思う。そうであれば、宗祇は関東下向前にすでに伊勢に下っていたことがあることになり、それはそれで重要な句となり得る。『大乗院寺社雑事記』[29]文正元年（一四六五）閏二月二十日条に、

　宗祇来《きた》る。対面す。此の間吉野花一見云々。

の記事がある。この折に伊勢まで足を伸ばしたとも考え得るが、今のところは不明としておくべきであろう。

④⑤は千句での発句である。千句の場合、それぞれの百韻の発句が当季を詠むとは限らない。あらかじめ、整理された題が与えられていることが普通である。このことを考慮すると詠まれた季節は不明と言わざるを得ない。ただ、④「納涼の心を」とする発句は、千句連歌の習いとは違って、当季を示している可能性が高いと思う。①②は、宗祇が滞在時期を示していると考えてよい。両句

ともに「桜」が詠み込まれており、二月か三月には伊勢にいたということになろう。いつ頃まで、伊勢にいたかは、『大乗院寺社雑事記』文明元年七月十一日条に、

宗祇東国より上洛、殿下に参り申す。行助、去る三月二十四日上洛云々。

とあり、当時、奈良に下向していた一条兼良《かねよし》と七月に面会していることから、この日より前、晩夏か初秋までと考えられる。先ほど問題にした④が夏の句なので、少なくともその時期まで、ということである。

ちなみに、文正二年（一四六七）二月以後、関東に下向していたらしい行助《ぎょうじょ》は、応仁二年正月二十八日に室町殿連歌始に参加している[30]。したがって、宗祇が兼良に行助上洛を伝えたのは、行助の関東からの上洛のことではないことになる。行助には、次のような句が『竹林抄』[31]に見える。

伊勢の二見のわたりにて同じ心を

浜荻の風や半ばは松の声

金子はこの作品について次のように述べて、東国下向と結びつけている。

東国往復の間の作であろうか。しからば伊勢からの海路利用も考えられる[32]。

その可能性も捨てることはできないが、さきほどから話題にしている宗祇の兼良への報告を鑑みると、行助は一度、都へ戻った後、伊勢に赴いたとは言えないであろうか。行助の文明元年三月二十四日上洛はその時のもので、伊勢から奈良を訪れる前に宗祇は行助と伊勢で出会っていた、もし

くはその動向を身近に知っていたと思われる。その情報と考えた方が合理的である。

北畠氏と連歌師

かれらとほぼ同時期に心敬も伊勢を訪れていた。応仁元年（一四六七）四月二十八日、心敬は動乱の都を去り伊勢に向かった。心敬自筆『古今和歌集』[33]の奥書には伊勢神宮参籠のためだと述べている。

聊《いささか》か宿願に依て、去る卯月二十日、白地《しばらく》花洛を出で、信《まこと》に大神宮に参籠せしむ。不慮の事に就いて、富士・鎌倉一見の為、便船を得、武州品川と云ふ所に渡り侍り。

とある。ここに見えるように、心敬は伊勢下向の後、海路、関東へ向かう。ここではそれは「不慮の事」だとするが、それは考えにくい。はじめからの予定であったのであろう。

伊勢国宇治山田の大湊は畿内と関東を結ぶ重要な交易港であった。「便船」とは品川住の有力者であり、畿内と関東の物資輸送を担っていた鈴木長敏《ながとし》の船であったと推察されている。長敏は品川を本拠にしていた扇谷《おうぎがやつ》上杉氏の家宰であった太田氏と深い関係をもっていた人物である。心敬はこの関東管領家、つまりは細川勝元《かつもと》方の勢力の中で、都から関東へと足を運んだに違いない。

その旅は単に応仁文明の乱を避けてということだけであったとは考えにくい。宗祇と同様に、心敬も下向後、関東の有力武将との結びつきを強く持った。それは表面的には連歌を通じてのことではあるが、果たして、そこに政治的な意味合いがなかったのかどうか。結果的にせよ、心敬が政治的な役割を果たしたとすれば、それを察することのできたはずの伊勢国司北畠氏はこの動きをどう見ていたのであろうか。

いずれにせよ、このように応仁文明の乱の勃発時を挟んで、宗祇、行助、心敬、さらに木藤才蔵が次のように述べているように、能阿も文明二年頃に伊勢に赴いていたらしい。

（能阿は—引用者注）松下集（国会図書館六冊本）によれば、文明二年三月の初め頃、正広などとともに奈良の不退寺で業平の御影を見て法楽の三十首を詠んでおり、また、同じ頃、都から下向した正般や外郎祖田などと吉野の花見におもむき、さらに伊勢神宮に参拝しているから、その頃ならもしくはその周辺に乱を避けて疎開していたものと思われる。[34]

このように七賢時代の連歌師と北畠氏の関係は密接であったのであるが、そもそもこのような関係はかれらの先駆者であった宗砌《そうぜい》の時から顕著であった。この点に関しては金子金治郎『宗祇の生活と作品』[35]に詳しい。それによりつつ、必要な範囲でこのことに触れておきたい。

金子は宗砌が当時の伊勢国司、北畠教具《のりとも》と「直接会席を共にしたことが、少なくとも二回ある」として、文安四年（一四四七）八月十五日の「何路百韻」と、享徳元年（一四五二）か二年四月頃の『初瀬千句』を挙げている。前者は宗砌が発句を、脇を教具が等運の名で詠んでいる。なお、この連歌は端作《はしづくり》に「伊勢国司上洛の時の会」とあり、智蘊《ちうん》・忍誓《にんぜい》・専順も同席している。後者には端

作などがないが、『竹林抄』[36]に採録された第五百韻の専順の発句「子規《ほととぎす》花も待ちける深山かな」に、

北畠大納言、時に宰相、長谷寺にて余花十を題にて侍りし千句に

という詞書が付され、長谷寺での会であったことが分かる。この千句には宗砌の他に専順も加わっているが、宗砌が第一百韻の教具発句の脇、および第十百韻の発句を詠んでいることから、この宗砌が宗匠役で、専順は次席であった。ちなみに、宗砌が宗全の失脚に伴って但馬に帰郷したのはこの後の享徳三年のことである。

また、宗砌は教具に連歌論書『古今連談集』『伊勢国司文』、自撰句集『連歌百句』を贈っている。教具は応永三十年（一四二三）生まれで、文明三年（一四七一）没、『新撰菟玖波集』に六句入集している。

第一章の「最初の連歌」の節で、康正三年（一四五七）八月十三日かとされる現存最初期の作品、専順発句の「法楽何路百韻」には伊勢国司関係者が多く参加していたらしいことを指摘したが、それは以上のような当時の連歌師と北畠教具の深い結びつきによるものであったのである。

北畠氏と宗祇

教具と連歌師の関係に話題が転じてしまった。文明元年（一四六九）の宗祇の動向のことに話を戻したい。

宗祇は伊勢にいた間、前掲のような連歌会に出座し、また、『北畠家連歌合』に関与している。この連歌合の成立を、両角倉一は、一条兼良《かねよし》の奥書に、

なすこともなくして、明し暮し侍る程に、柴の網戸を叩く音のし侍れば、水鶏《くひな》の鳴くべき頃にしあらざれば、啄木《きつつき》のつつくにやと思ひ侍りければさはなくて、神風や伊勢の使のふりはへ来《きた》るにぞありける。[37]

とあること、福井久蔵がこの作品が文明元年八月に教具《のりとも》が権大納言に叙せられた祝賀に関わるもの、と推測していることなどを受けて、「八〜九月ごろ」としている。[38] そうであると、宗祇は前節で述べたように七月十一日に奈良に赴いていることから、この作品の最終的な完成を見ていないか、再び伊勢に戻ってきて完成したということになる。

それに対して金子は、前引の奥書を引いて、

来訪を秋季の啄木に擬しており、宗祇の七月訪問によく叶っている。

として、宗祇は七月十一日に兼良を訪問した際に、この作品を加判の依頼もあって持参したと考えている。[39]

ちなみに、奥書にいう「水鶏」は『宗祇袖下《そでした》』[40]では、夏三ヶ月にわたる景物とされており、「啄木」は『温故日録《おんこにちろく》』[41]で秋のものとされている。金子氏がいうように、「水鶏」の時期が過ぎて「啄木」の時期なのでという奥書の口吻は、秋の初めに合致するものと言える。

可能性としては、両角案もあり得るが、やはり金子説の方が妥当かと思う。そうであれば、教具の権大納言任官より前の完成とみるべきであろう。金子は『萱草《わすれぐさ》』に多く採録されている、教具に要請されて提出した「百句」および追加「百句」の方こそ、権大納言任官と関わっていると推察して、次のように述べている。

これまで『萱草』詞書が、揃って「北畠大納言家」と繰返している点に触れなかったが、これは意味のあることであったと思う。というのは、北畠教具が権大納言に昇任するのは、文明元年八月廿八日のことで、その晴れの昇任と百句連歌蒐集との間に密接な繋がりがあったと考えるからである。[42]

そうであれば、宗祇は奈良で一条兼良に面会してから、再び、伊勢に戻ったとするのが辻褄が合うことになる。宗祇は『北畠連歌合』を携え、文明元年七月に奈良に赴き、再び、九月中には伊勢に戻り、北畠教具の権大納言任官祝賀の百韻二巻を献上し、今度はあまり時を置かずに関東に下向したということになる。それというのも、次のことから宗祇はこの年の初冬には品川にいたことが判明するからである。

心敬が文明二年に宗祇に宛てた『所々返答《ところどころへんとう》』[43]第三状に、

秋もなほ浅きは雪の夕べかな　　と云ふに、

水凍る江に寒き雁がね

此の御句、いささか境に入り過ぎ結構のものにて候。発句の素意、心寄らずや。

とあり、この「秋もなほ」の発句とする連歌に宗祇が加わっていることが分かる。この発句は心敬の作品で、心敬が関東へ下向した応仁元年（一四六七）以後、年順に並べられた『吾妻下向発句草《あずまげこうほっくぐさ》』の文明元年の「冬発句」の個所に見えるものである。この句の意味は分かりにくいが、秋の名残が今なお残っており、冬を感じさせる雪の夕はまだ浅い感がある、ということらしく、そうであれば、この発句は冬の初め頃の作品となる。

宗祇は十月早々には関東、心敬の居住する品川へ戻っていた。この旅の宗祇の伊勢、奈良訪問は往復とも海路であったと思われる。心敬発句「秋もなほ」の連歌は、宗祇が品川に着いた時に催されたものであったのではなかろうか。

伊勢訪問の理由

八か月ほどの旅であったが、応仁文明の乱のただ中、どうして宗祇がわざわざ都付近まで戻ったのかは分からない。北畠教具《のりとも》に面会するのが目的であったのか、奈良の一条兼良《かねよし》に会うのが目的であったのか。どちらが本来のもので、どちらが派生的かは不明である。勿論、他に真の目的があったのかも知れない。この折に宗祇が都にまで足を運んだかどうかについてもまったく資料がない。伊勢にいれば関東にいるよりは都との連絡がつきやすいのは自明で、たとえば、都の細川勝元《かつもと》と連絡を取り合った可能性はあろう。

いずれにせよ、先に述べたように伊勢の北畠氏やその関係者が早くから連歌に関心が深かったということは事実である。そのこと、さらには伊勢神宮参拝という信仰心から、とすれば、表面的には詮索することではないとも言える。ただ、北畠氏は南北朝期以来、政治権力と微妙な間合いを計りながらその力を温存していた存在であった。このことは気にはなる。

北畠氏は元来公家の家系であり、代々、伊勢の国司を継いだ。ただし、南北朝動乱期における親《ちか》房《ふさ》以来、武をもっても力を持った。応永二十一年（一四一四）には幕府に対して、いわゆる北畠氏の乱を引き起こしている。しかし、宗祇の時代の教具は足利義教《よしのり》から「教」の諱字を許され、嘉吉の乱で義教を謀殺した赤松満祐《みつすけ》の子で、伊勢に逃れていた教康《のりやす》を殺害するなど、幕府に忠誠を見せている。ちなみに、この教具は宗祇訪問のしばらく後、文明三年（一四七一）三月二十三日に没した。

ただ、北畠氏の動向は複雑で『経覚私要鈔』[44]応仁元年（一四六七）七月七日条にあるように、応仁文明の乱の勃発当時は、教具は義政側に、息の政郷《まささと》は山名宗全《そうぜん》側につこうとしていたという。さらに応仁元年八月二十三日には、室町殿を出奔した足利義視《よしみ》が教具のもとに向かったという。この出奔の理由は当時の記録でも諸説あってよく分からないが、いずれにせよ、当時、北畠氏が地方にあって、都の動静を窺いつつバランスを取りながら、南北朝以来の名門としての役割を果たしていたことは分かる。

北畠氏のこのような立場、先述したように、伊勢が東西の交易における重要な港を有していたことなどから、連歌師にどれほど政治的な意図があったのかはともかく、連歌師の訪問には政治的な影が付与することは当然のこととは思う。特に、宗祇の場合、わざわざ、関東から応仁文明の乱のただ中に伊勢に足を入れたのには、それなりの理由があったのであろう。

金子金治郎は『萱草』に載る「伊勢へ」の節で引いた⑤の『大神宮法楽千句』の願主について、

上杉・長尾のごとき関東武将の依頼を想定した方が、この時期の宗祇の伊勢出現を納得されるかと思う。

と述べ、さらに、

もちろん伊勢行きの理由・目的は複合していたはずで、その中には伊勢国司家の招きもあったろうし、京との連絡もあったはずである。[45]

と付け加えている。先ほど述べたように、これに一条兼良とのことを加えれば、目的推測のほとんどを網羅したことになる。神への祈願にせよ、具体的な都との政治的・軍事的な絡みにせよ、関東武士との関係が裏にあるのは動かし難いと思われる。

奈良の一条兼良のもとへ

文明元年（一四六九）七月十一日、宗祇は伊勢から奈良の一条兼良《かねよし》のもとに赴いた。翌々日、十三日には兼良の連歌会に参加している。目的は判然としない。先述したように、『北畠家連歌合』の合点依頼を北畠教具から頼まれていたことは確かであるが、それだけが目的であったとは考えにくい。ただ、兼良にとって北畠教具《のりとも》との関係が深まるのは都合のよかったことだとは思う。関東武士も含め兼良を支援する者を媒介するという役目が宗祇の主たる目的であったのかも知れない。『大乗院寺社雑事記』[46]の、この年の十一月九日条には、

伊勢国より色々魚物殿下に進上の由之《これ》を聞く。今時分念比(懇ろ)の沙汰也。

とあって、宗祇の役割が功を奏した一端が窺える。ちなみに、『北畠家連歌合』の合点は翌年、文明二年正月六日に完成している。さらに、兼良はこの年の九月五日、美濃の斎藤妙椿《みょうちん》の庇護を求めて奈良を出立し、長谷寺へ向かうが、そこでは教具から手厚い饗応を受けている。この時は美濃兵乱のため、美濃下向が実現しなかった。そのことも含めて、『大乗院寺社雑事記』九月十六日条には、次のように記されている。

太閤還御、伊勢国より念比(懇ろ)に申し入ると云々。

宗祇が一条兼良にいつ頃面識を得たのかは分からない。先に言及したように、寛正六年（一四六五）四月十六日、兼良の息、大乗院の尋尊《じんそん》のもとを訪ねたのは兼良からの紹介、何かしらの依頼が

あってのことであろうから、これより前に、知遇を得ていたのだろうとは推測できる。師の宗砌《そうぜい》は、宝徳三年（一四五一）三月二十九日の兼良邸での「三代集作者百韻」に参加しており、享徳元年（一四五二）十一月、兼良の「連歌新式今案《れんがしんしきこんあん》」制定に協力しているなど、兼良との関係は深い。また、専順は長禄四年（一四六〇）正月十九日の室町殿連歌始など、幾度か足利義政《よしまさ》との連歌会で兼良と同席している。当時は、専順の先導のもとで宗祇が連歌壇に登場してきた時期であった。宗砌からでなくとも、専順を通してでも宗祇は兼良に紹介されていたことであろう。寛正六年の奈良行きはこのような関係の中で行われたものだと思われる。

兼良の方は応仁文明の乱を避けて、一時、息のいる京の九条にあった随心院に避難していたが、結局はもうひとりの息のいる、安全な奈良に住むことになる。『大乗院日記目録』[47]応仁二年（一四六八）八月十九日条には、

関白殿下俄に御下向。九条随心院坊自《よ》り禅定院に御座。

とある。宗祇はすでに関東に下向していた。当時は白河遊歴に出かけようかとしていた時期である。兼良、奈良下向を聞き知ったのはその年の終わり頃であったろうか。つまり、宗祇は兼良の奈良滞在を聞いて、ほとんど間を置かずに、伊勢へ向かったことになる。兼良が動乱の中で逼迫していることを、尋尊が伝えたのではなかろうか。宗祇の伊勢行きの真の目的は兼良のことに関わると考える方がよいのかも知れない。

後、宗祇は関東から帰洛直後の文明五年（一四七三）十月八日、兼良を訪問している。先のことであるが、少しのことに触れておきたい。

『大乗院寺社雑事記』の同日の記事に、

御連歌之《これ》在り。宗祇参り申す。予・得業同道了《おはん》ぬ。宗祇五百疋進上云々。

とある。この五百疋は現在の三十五万円ほどで、関白家にとってそれほどの金額ではなく、手みやげ程度であろうか。

兼良との関係で、宗祇の帰洛と関わって注目すべきことは文明四年の帰洛途中に、美濃の斎藤妙椿のところにたち寄っていることである。兼良が文明二年に美濃下向を望んだが果たせなかったことは先に述べた。その兼良は文明五年五月にようやく宿願の美濃下向を果たした。『藤河の記』[48]には、

七日、革手の持是院に、かく下りたる由を告ぐ。三位の大僧都妙椿、すなはち来りて、思ひ寄らざる由を言ふ。さらば明日よりは正法寺に休所を構ふべき由を示す。

とある。「革手《かわで》」は現、岐阜市の地名でそこに城があった。持是院は妙椿のことである。兼良は戦乱に巻き込まれるのを懸念して、同月二十八日には奈良へ戻るが、この年の正月から美濃に滞在していた夫人、東御方（小林寺殿）や娘（梅津是心院了高《ぜしんいんりょうこう》）はそのまま留まっている。息の曼殊院《まんしゅいん》良《りょう》鎮《ちん》も滞在期間は不明であるが、兼良下向時には美濃にいた。また、息、東寺随心院厳宝《ずいしんいんげんぽう》も兼良に同

行している。

宗祇はというと、この半年ほど前に美濃に立ち寄っているのである。文明四年十月二十六日に、兼良が滞在することになる正法寺《しょうほうじ》で、当時、下向中の聖護院道興《どうこう》の「何路百韻」に参加している。宗祇はこの後、十二月十六日から二十六日まで催された『美濃千句』にも参加しており、この年を美濃で越したらしい。いつまで美濃にいたかは不明であるが、この滞在中に兼良夫人・息子・息女と面会していたと推測できる。兼良下向の準備を整えたのではなかろうか。

斎藤妙椿は応仁文明の乱では西軍側についており、宗祇にとって歌道の師である東常縁《とうのつねより》と敵対関係にあった人物である。このような立場の妙椿を宗祇が訪ねたことについては、金子金治郎は、当時、美濃に在住していた専順とのことも絡めながら、次のような理由を述べている。

> この妙椿には、応仁二年郡上の東家の領地を奪ったが、常縁の愁訴の歌に感じて返還したという歌道の佳話（『鎌倉大草子』）もある[49]。

美濃という土地が関東から京への道筋に当たること、師、専順との再会のことも含めて、常縁に関することへの感謝など、いくつか宗祇の美濃訪問は考えられる。しかし、金子も述べていることであるが、常縁のことは四年も前のことであり、滞在期間の長さを鑑みても、別の理由も考えるべきであると思う。中央に対しても大きな力を持った妙椿との結びつきは連歌師、宗祇としては必須のことであったであろうし、特にこの時期は先に述べたように兼良がらみでは密接な関係を持つ必要があったに違いない。話を戻して、文明元年七月の兼良との面会の折にも妙椿のことが話題に上った可能性がある。文明四年のことはこの時から引きずっていたことだったのではなかろうか。

東常縁からの古今伝受

宗祇関東下向中の文明元年（一四六九）の伊勢、奈良への足跡について言及してきたが、その後、宗祇は再び関東に赴き、数年間、関東を中心に行動していたと思われる。宗祇が関東を最終的に離れるのはおそらく文明四年のことである。その間および帰路において宗祇にとって重要な事柄のひとつは前節でも少し触れた東常縁とのことである。宗祇関東下向をめぐっての動向の最後に、常縁との関係に触れておきたい。

常縁の父、益之《ますゆき》は美濃国山田庄（現、岐阜県郡上市、元、郡上郡大和町およびその周辺）の領主で郡上、篠脇《しのわき》城城主であった。兄に氏数《うじかず》がおり、兄の没後、東家を継いだ。出生年は不明であるが、一説によれば、応永十四年（一四〇七）の生まれという。[50] その祖は石橋山合戦で敗れた源頼朝を助けた下総国の豪族、千葉常胤《つねたね》の六男、胤頼《たねより》である。歴代、武家歌人として知られている。特に美濃国山田庄に入部した胤行《たねゆき》（素暹《そせん》）は『続後撰集』以下の勅撰集に二十二首入集している。

常縁はこのような家風からも若年から和歌に親しんでいたらしいが、『東野州聞書《とうやしゅうききがき》』によれば、享徳元年（一四五二）から三年に掛けて、尭孝《ぎょうこう》から多くの歌説・口伝を受けたという。

康正元年（一四五五）、幕命により関東に下り、各地を転戦、翌年には師の尭孝の説を録した『東野州聞書』を執筆している。その後の動向は不明な点が多いが、一時期、在京した後、応仁頃には再び、関東に出兵した。応仁二年（一四六八）九月、美濃国守護代の斎藤妙椿《みょうちん》が、兄の居住する篠脇城を攻略した折には武蔵国にいて歎息し、次のような歌を詠じている。

思ひやる心の通ふ道ならで便りもしらぬ故郷の空

此の歌の徳ゆゑにや、三千余貫の地を返しつけ呼び給ひて朋友となし給ひぬ。（『雲玉抄《うんぎょくしょう》』[51]）

常縁はこの事態解決尽力のために、文明元年（一四六九）初冬帰郷、篠脇城返還が成った後の翌年の夏頃に関東に戻ったらしい。

宗祇は文明三年にこの常縁から二度、『古今集』の講義を受けている。『古今和歌集両度聞書[52]』には文明四年五月三日付常縁の奥書の次に、

文明三年正月二十八日戌刻之《これ》を始む。同四月八日午時成就畢《おはん》ぬ。又、同六月十二日巳時之《これ》を始む。七月二十五日巳刻功成り畢ぬ。後の度の聴聞は上総国大坪基清懇望の時同聴せしめ了《おはん》ぬ。

とある。

初度は伊豆三島にいた常縁のもとに赴いてのことで、文明三年（一四七一）正月二十八日から四月八日の間である。宗祇独吟『三島千句』（京都大学国文研究室本）奥書[53]には、

右千句は、文明三の年の春、伊豆三島にして、東野州時に左近大夫より古今伝受し侍りし比、子息竹一丸みだり風に心地わづらひ侍りしかば、彼の明神に祈り、発句一つをして立願し侍りしに、則ちおこたり侍りき。

とある。この千句の第一百韻発句は次のものである。

なべて世の風を治めよ神の春

この千句の目的については、次のような金子金治郎の説がある。[54]東常縁の一子竹一丸の風の祈願に発句を詠み、その報賽の千句であること、当時古今伝受の最中であることが語られている。ここに明らかに常縁子息風邪の祈念とあって、それは事実であったかも知れないが、それ以上に古河公方来襲の情報を得ての戦勝祈念ではなかったかと推測している。

古河公方来襲に関しては『鎌倉大草紙[55]』に次のように見える。

武州・総州、成氏の味方の者ども、文明三年三月、箱根山を打ち越し、伊豆の三島へ発向して、政知を攻めんとす。政知は小勢にて、駿河より加勢を請ひ、三島へ人数を出だして防戦しける。政知の軍利無くして、已に敗軍に及びける処に、上杉の被官、矢野安芸入道、政知に加勢して、新手にて馳せ来りければ、成氏方の先手、小山・結城の兵、一戦に打ち負け、山を越え敗軍す。

常縁の三島での『古今集』講義は四月八日まで、古河《こが》公方側の三島侵攻は三月ということで、これを信ずれば講義は戦乱の中で行われたことになるが、金子はこれについては、「成氏軍の行動開始は、三月であったが、伊豆侵入は四月八日以後となろう」と述べている。

金子は『三島千句』の張行を三月二十一日から二十三日としており、この三者の関係から、『鎌倉大草紙』の記述のずれを感じとったのであろう。ただし、『三島千句』は柿衛文庫本によれば、二月二十四日から二十六日の張行で、これであれば、三月侵攻、その直前の二月末の戦勝祈念ということになって、矛盾はなくなる。問題は『古今集』講義の終了日との関係であるが、先の日付をすべて正しいとすれば古河公方側の三島侵攻中にも講義が行われていたことになりそうである。これについては事実関係は不明と言わざるを得ない。もっとも、正月二十八日から四月八日まで、一日も欠くことなく講義がなされたと考える必要はないのかも知れない。東香里は「東常縁から宗祇への古今伝授の時処について」[56]の中で、

戦いは三月だけである。講釈のはじまった一月二十八日から、この三月の戦いがはじまるまでは、休戦中であり、三月に戦いが終ってから講釈の終る四月までも同様なのである。したがってこの三月の戦いの期間中は、講釈を一時中断していたが、その前後の期間は講釈ができたと考えてよいのだろう。

と述べている。いずれにせよ、きわめて切迫した折に第一回の講義は終了した、もしくは終了せざるを得なかったということであったと思う。

後度は六月十二日から七月二十五日に大坪基清《もときよ》の懇望によって行われ、宗祇はそれを陪聴したということであるが、こちらの場所は不明である。その後、宗祇は古今伝受の印可状を得る。次いで、『古今和歌集両度聞書』を執筆、その奥書を常縁に書き加えてもらう。『伊勢物語』『百人一首』の講義を聞く、など常縁とは古典に関しての接触が多くあるが、これらがどこでなされたかも不明である。このことは宗祇が最終的に関東を離れたのがいつなのかの判断に関わってくることで、次の節で検討してみたい。

それはそれとして、重要なことの一つは宗祇は古典の師としてどのようにして常縁と縁を結ぶことができたか、何故、常縁を選んだのか、である。後者については、関東にいた宗祇にとって、常縁は身近な存在であり、関東に深い地縁を持っていたためであるとすれば、それほど不思議なことではないかも知れない。逆に、常縁の方が関東で文学者として名を挙げつつある宗祇を選んだという面もあったのかも知れない。

この点をめぐって、奥田勲は『連歌師―その行動と文学―』[57]の中で、次のような見解を示している。

常縁との交渉が（略）ほとんどいきなり『古今集両度聴書』という形でわれわれの眼に飛び込んでくるのは、そのための下ごしらえが、秘密裡になされる必要があったのではないか。また、出身からして古今伝授を受けがたいと思われる一介の連歌僧が、東国という人の目の少い場所で、しかも、常に死の可能性にさらされて、歌道断絶の危機感を持っていたであろう常縁と交渉を持つことによってそれを果して行く点は無視できないのではないか。（略）歌壇的にさして有名でもなかった（東常縁の名はむしろ宗祇によって有名になったといっても差支えない）東国在住の武士歌人を選んだことに、連歌師宗祇の行動様式の一端を見るのはうがちに過ぎるだろうか。

奥田氏は『古今集』講義よりかなり前から、宗祇と常縁の接触を推察しているわけであるが、これに関しては次のような推察も述べている。

応仁元年三月、『吾妻問答』を叙述し、長尾氏に与えて以後、応仁二年秋筑波へ登るまでの一年強、宗祇の消息は知られていない。おそらく東常縁（南関東に転戦していた）に従っていたのではないか。

ただし、この推察は幾分妥当性を欠くと思う。この時期、少なくとも応仁元年夏から初冬まで、宗祇は上越・信濃をめぐっていたと思われるからである。時期、期間を限定しなければ、宗祇が常縁と接触する機会は多々あったこととは思う。しかし、『萱草《わすれぐさ》』などの句集に常縁との会の記録が見い出せず、具体的なことは分からない。

宗祇が関東動乱に関わって、将軍側、つまり堀越公方側に立つべく、細川勝元の何らかの使命を担っていたとすれば、同様の立場にいた武将である東常縁に接触することは当然の成り行きであっ

たに違いない。この時期のものと考えられている宗祇宛の書状「東野州消息[58]」の中で、常縁が、

駿州辺も北条之《の》御沙汰彼是《かれこれ》やるかたなく候。

などと政治向きに関わる歎息をしているのも、宗祇と常縁の関係が単に文芸上のことに留まらないことを示唆しているように思えるのである。

また、常縁には弟の正宗竜統《しょうしゅうりゅうとう》など、兄弟や叔父などの一族に文才に富んだ禅僧が多くおり、若年時、相国寺で学んだ宗祇にとっては親しい存在であった可能性もある。

宗祇が常縁を縁を結ぶ機会はいくつもあったと思われるが、それにしても奥田が指摘するように、中央ではそれほどの名声を得ているわけではない常縁から古今伝受を受けたのには何か事情があったのであろうか。島津忠夫が『連歌師宗祇[59]』で、(文明九年)三月三日の宗祇宛常縁書状を取り上げて次のように推察しているように、一介の連歌師である宗祇が二条家流に繫がりを持とうとした思惑もあったに違いない。

素暹とは、東家の祖の胤頼の孫胤行のことで、藤原為家の女を室として為家から歌道の伝授を受けたということが東家の歌学の権威付けになっている人物である。(略)宗祇が素暹を持ち出してきた点に、常縁から古今伝授を受ける宗祇に二条家につながろうとする深慮があったことを読み取ることができよう。

当時、実力の点で自信を得ていたであろう宗祇が、歌道の正当性を求めていたことは確かであっ

たろうと思う。連歌においてもそうであるが、古典学者としてはそれがより必要であったに違いない。そうであれば、誰からも認められる歌道家に繋がることが得策であったはずである。常縁という人物が、宗祇自身がその正当性をわざわざ主張しなければならないような者であったとすれば、そのような者からの伝受は、本来求めていたことと相違することではなかったろうか。

常縁に師事したのはそれしか方策がなかったからで、理由は自分の身分、居住地などにもあったであろうが、現実的に当時は、宗祇の年齢などを鑑みても相応しい人物がいなかったということもあったかと思う。伊地知鉄男は『宗祇』[60]の中で次のように述べているが、常縁に名声があったとするのは疑わしいものの、他に人がいなかったという理由には耳を傾けるべきかと思う。

当時藤原定家の正嫡である御子左家は、（略）衰微の極に達し、古今血脈も嫡流の家にはその跡を断っていた。（略）古今の血脈はひとり下冷泉持為が相続していた。それも享徳三年九月一日持為の薨去と共に「於二我家一者口伝事断絶了」『実隆公記』長享三年正月廿九日と、冷泉為広をして告白せしめるが如き状態に置かれていた。かかる状態にあって、真に伝統と権威のある俊成・定家の血脈を求めようとすれば、冷泉家流の相伝をうけた正徹長禄三年五月九日寂か、頓阿流の尭孝康正元年七月五日寂かの門下の孰れかを択ばねばならなかった。しかし正徹門の正広、尭孝門の尭恵等未だ恃むにたらず、宗祇の眼に映ったものは偶々京洛にその名を謳われた東常縁の相伝であった。

正広は宗祇より年輩でまだ存命であったが、宗祇は正広に付くことをよしとしなかったのではな

かろうか。稲田利徳は「正徹・尭孝と東常縁」[61]の中で、

尭孝が頓阿の流れを受ける二条派、正徹が了俊の教導を受けた冷泉派という見方は、本人の意識はともかく、当時、一般にうけとられていた見方であったろう。

と述べているが、このようなことであれば、宗祇は、尭孝に師事して、その聞書を『東野州聞書』を著述した常縁こそが当時、二条流を受け継ぐ唯一の者と認識していたのだと思う。これまでは、宗祇が常縁に師事したことの不可思議さが強調される気味があったが、宗祇にしてみれば、それほど特別なことではなかったのかも知れない。

もっとも、この常縁の存在の認識は宗祇の発見で、この意識が当時の人々にとって意外なものであった面もある。宗祇は常縁の正当性をみずから喧伝せざるを得なかった理由はそこにあった。このことからすると、二条家の嫡流を継承した尭孝の直弟子であった十歳年少の尭恵《ぎょうえ》が、結果的に遅れをとって臍をかんだことは推測にかたくない。井上宗雄がいつくかの傍証をもって、尭恵が、

宗祇に対してのみ内心強い反撥を感じ、敢て宗祇を黙殺しようとした

と述べている理由[62]の一端はそこにあったのではなかろうか。

後度古今伝受以後

文明三年（一四七一）正月から始まった常縁の初度の『古今集』講義が三島で行われたことは、

これまで見てきたように明らかで、これを疑う者はいない。問題は後度、さらにその後の『伊勢物語』などの古典講義がどこで行われたかである。これまで、三島か美濃郡上かで諸説が戦わされてきた。

後度の『古今集』講義が郡上であるとすると、東常縁《とうのつねより》は古河《こが》公方側の伊豆侵攻を防いだ後、再び四月八日まで講義を続け、その後あまり日を置かずに領国に戻ったということになる。古河公方側の伊豆侵攻失敗については、先に引用した『鎌倉大草紙』に記録されている。

当然のことながら宗祇は常縁とほぼ同時に郡上に赴いたことになる。東香里は家伝の『東家・遠藤家記』に、

　其の節宗祇法師とて連歌に名高き僧あり。文明三年伊豆の三島において、常縁の門弟となり、同年郡上栗栖へ来《きた》り。古今伝受帰去の節、小駄良郷、宮ケ瀬迄、僧を送られけり。

とあることをもって、文明の後度の古今伝受が郡上で行われたことは確かだと述べている。[63]

宗祇は同年八月十五日には「相伝説々を以《もっ》て僧宗祇に伝受畢《おはん》ぬ」との印可を与えられている。[64]『古今集』講義が七月二十五日までなされているとすれば、これも郡上とするのが常識的ということになる。つまり、常縁も宗祇も少なくとも文明三年八月十五日まで郡上にいたことになる。

その後、宗祇は翌年の文明四年五月三日に、『古今和歌集両度聞書』の奥書を得、六月二十九日には『伊勢物語』の説を受け、加えて八月十五日には『伊勢物語注』（学習院大学三条西旧蔵本）の

奥書を常縁から与えられている。これらはどこで得たものであろうか。すべて郡上でのものであり、宗祇が最終的に関東を旅立ったのが文明四年晩秋であるとすると、宗祇は文明三年六月以後、文明四年八月十五日まで郡上およびその周辺におり、その後、関東へ下向、晩秋、慌ただしく関東を離れたということであろうか。それとも、関東を最終的に離れたのは文明四年晩秋ではなく、初度の『古今集』講義のすぐ後、文明三年五月頃ということであろうか。

かつて、島津忠夫は『連歌師宗祇』[65]に付した「宗祇略年譜」の中の文明三年八月十五日の項で次のように述べている。

常縁より「相伝説々伝受」の奥書を受ける。この頃、『百人一首』の講釈を聞く〔郡上に草庵を持ち、かなり長期にわたって滞在、その間、帰京も考えられる〕。

引き続いて、文明四年正月の項では、

郡上か京都で迎春〔京都ならば夏に郡上におもむく〕。

とした。

そうであれば、宗祇は文明四年十月六日に遠江国浜名湖東岸の国人領主、堀江駿河守入道賢重《けんじゅう》のもとで、賢重と両吟を詠んでいるが、これは郡上から赴いたと考えるべきであるということになろう。ただ、そのように関東在住をめぐっての宗祇の動向を捉え直してよいのかには疑問も残る。

常縁のことであるが、井上宗雄は、『中世歌壇史の研究　室町前期〔改訂新版〕』[66]の中で、常縁が文明四年の夏には三島にいたと次のように推測している。

文明四年竜統の記した尊星王院鐘銘に、元年常縁が院を再興した後「壬辰（四年）之夏、幕下諸老胥相議」推鐘を懸けた、とあるが、私に点を施した部分によって、常縁が美濃にいなかった事を推測しうる。

この説は金子金治郎も「宗祇と常縁[67]」で引き継いだ。常縁がこのように文明四年夏に三島にいたとすると、先の島津説では、宗祇だけが郡上かその周辺にとどまっていたということになる。または、後度の『古今集』講義は郡上で、その後、文明三年冬か文明四年春頃に、常縁も宗祇も関東へ再び下ったとも考えることは可能である。そうであれば、『古今和歌集両度聞書』以下は関東での事跡と考えるべきであろう。このような往復をしたとすれば、その慌ただしさの理由は常縁の兄である氏数が文明三年五月四日に没したと考え[68]、その後継問題に求めるのが常識的であろうが、没年の正否、また、金子が同論考で次のように述べるように、堀越《ほりごえ》公方の緊急時に戦線を離れることができたかには疑問も残る。

『古今集』講釈が前後に分かれた間、四月八日から六月十二日までの二か月余こそ、古河公方軍の伊豆侵入の時期に当たる。堀越公方にとって存亡の危機である。この時期に防衛の一翼をになう東常縁が、さっさと美濃に帰るなどということがあるだろうか。武人常縁の名誉のためにも、考えられない行動である。

このような見方は常縁だけでなく、堀越公方側の意向を汲んでいたらしい宗祇にも言えるのではないであろうか。堀越公方側の武人、文人として重要な働きをしていたと思われる二人が、このような時期に美濃郡上で悠々と『古今集』講義に勤しんでいたとは考えにくいことである。

常縁の後度の古今伝受、それ以後の『古今集』講義、古典講義の場所について、美濃郡上案の可能性を追求してきたが、いくつかの点で不自然さを払拭できない。先に引いた東引用の『東家・遠藤家記』の記述はどこまで信頼できるのであろうか。東自身、その『家記』中の「文明三年伊豆の三島において、常縁の門弟となり」との記述については疑問を呈している。文明三年から文明四年秋までの講義などは、やはり三島で行われたとするのが妥当ではなかろうか。

実は、島津は『連歌師宗祇』での説を後に大幅に撤回している。次は、金子の論文「宗祇と常縁」を受けての「古今伝授と東氏」[69]での島津の見解である。

『古今集両度聞書』以後の常縁・宗祇の動静についても、金子氏の説は周到で、文明三年・四年の宗祇の動向になお今後の精査を必要とするが、金子氏の見解は首肯される。とすれば、古今伝授の場所は、初度も後度も伊豆三島でのことになってしまうのであるが、もともと伊豆三島は仮の陣所であって、金子氏も以前の『宗祇の生活と作品』の説を修正して、文明五年四月十八日の『古今集』悉皆伝授が郡上と考えられていることこそ重視すべきであると考える。（略）講釈の場所が伊豆三島であっても、それは戦乱最中の仮の場所に過ぎず、常縁より宗祇への古今伝授は、常縁の居城篠脇城下の館で完了し、氏神妙見宮の前で、伝授の完了を誓いあったことこそが重要であると言わねばならないであろう。

金子は『旅の詩人　宗祇と箱根』[70]では次のように述べている。

文明三年の古今集両度聞書は、どちらも三島で行われたと考えた。年を越えて文明四年になるが、五月には、「両度聞書」に対して常縁の奥書が加えられ、八月になって『伊勢物語』の伝授がある。（略）宗祇は晩秋に入って東海道を西へ向かい、十月・十二月に美濃で連歌をする。しかしそれ以前の美濃行きはないようであるから、八月の「伊勢物語伝授」も、依然として三島の常縁の陣中で行われたろうと考えるのである。

金子は先の常縁の伝受すべてを三島としているのであるが、そうであれば、宗祇が慌ただしく郡上と関東を往復する必要はなくなる。金子の懸念は、「宗祇の三島滞在」が長期に渡り、「生活費はどうなったかも心にかかる」ことであり、それを「関東の庇護者訪問が、この間にあったのではないかと考えられてくる」として解決を試みている。三島であれば、金子のいうように、たびたびの関東との往復は可能であったと思われる。

常縁・宗祇の帰郷

おそらく、常縁は関東の動乱も一応の治まった文明四年秋になってようやく郷里へ戻ることが許されたのではなかろうか。金子金治郎は『旅の詩人　宗祇と箱根』でその年のこととして、東常縁も、年末までには美濃国郡上のわが領土に帰ったのではあるまいか。

文明三年の古河公方軍の伊豆侵入から一年余を経過し、下野守を許されるのも、文明四年末のようである。井上氏によれば、文明五年正月七日に、『古今集』の説を大坪基清に授けているが、その奥書に、「従五位下下野守平常縁」と署名しているのが、下野守を名乗る初見であるという。伊豆防衛の論功行賞と考えていいであろう。故郷に飾る錦である。

と述べている。

この文明四年（一四七二）は中央でも厭戦感が漂い、正月以後、細川勝元《かつもと》と山名宗全《そうぜん》との和睦交渉が行われるようになった年であった。石田晴男は家永遵嗣の説を引いて、このような和解の模索は、関東の情勢と連動しており、宗全は、反義政・反細川のために斯波義廉《しばよしかど》を支持していたが、この義廉の斯波氏家督の可能性が次のような関東情勢によりなくなったという。

斯波義廉を抜きにした上杉方（＝東幕府方）が成氏方に対し軍事的優位に展開した関東の情勢は、対足利成氏政策での幕府の優位な解決こそが斯波氏家督として生きる道と考えている斯波義廉の存在意義を現象させるものであり、義廉自身および西軍の諸将に動揺を与えた（家永遵嗣『室町幕府将軍権力の研究』[71]）。

この時の和解交渉は五月十四日に細川勝元・勝之らが髻《もとどり》を切り、山名宗全も切腹を計ったものの死に切れず、結局は成就しなかったが、八月には宗全が隠居するなどして、応仁文明の乱の終結が近づいていることは人々に明かになりつつあったのである。

常縁が何月頃、三島を発ったのかは不明である。金子は先の論考で「年末までには（略）領土に帰った」と述べている。一方、宗祇は先述したように十月六日、遠江国浜名に姿を現している。『伊勢物語注』への常縁の八月十五日付奥書を三島で与えられたとすれば、その後間もなく宗祇は関東を引き払ったと考えられる。常縁の出立も恐らく前後してのことではなかったろうか。このようにして、両者は今度は常縁の領地、美濃国郡上で再会することとなる。

美濃から郡上へ

宗祇は文明四年（一四七二）十月六日に浜名湖に姿を見せ、次いで、同月二十六日には美濃国革《かわ》手《で》の正法寺で聖護院道興《どうこう》・専順らの連歌会に出席している。革手には美濃国守護、土岐氏の居城があった。現在の岐阜市下川手のあたりである。在京していた土岐成頼《しげより》に代わって、守護代の斎藤妙椿《みょうちん》が守っていた。妙椿は当時、守護を越えた力を持ち、応仁文明の乱では西軍に属して、近江にまで勢力を伸ばしていた。

宗祇が美濃に着く直前にも妙椿は近江に出兵している。『大乗院寺社雑事記』[72]文明四年十月十三日条には次のように記録されている。

江州多賀豊後守、去夏頃より一国を打ち取る之《の》処、去月持誓院法印権大僧都妙椿、江州之《の》間に発向せしめ、豊後守越前国に没落し畢《おはん》ぬ。西方之《の》六角、妙椿に合力の為出陣、三乃《（美濃）》十八郡、悉く出陣を以てする之《の》間、大勢中々及ばずと云々、東方の御勢、江州に出陣と云々、仍ち西方の畠山義就の手より日々両御陣の矢軍之《これ》在り。今に於いては江州の御勢帰参べき歟。

近江に侵略した豊後守（多賀高忠《たかただ》）を六角高頼《たかより》の合力を得て妙椿が駆逐したということであるが、山名宗全《そうぜん》も隠居してしまった当時、西軍にとっての頼りはこの妙椿であったのであろう。後のことであるが、『大乗院寺社雑事記』文明十二年二月二十日条に記録されているように、妙椿が没したことを仄聞して、西幕府の将軍に擬せられた足利義視《よしみ》が動揺したのは当然のことであった。

東西軍に関わりなく、多くの公家がこの妙椿を頼った。一条兼良《かねよし》もこの妙椿の援助を求めている。先述したようにかねてから妙椿のもとへ赴こうとしていた兼良は文明五年五月にようやく宿願の美濃下向を果たした。その前、この年の正月には夫人、東御方（小林寺殿）や娘（梅津是心院了高《ぜしんいんりょうこう》）も美濃に滞在している。息の曼殊院良鎮《まんしゅいんりょうちん》も兼良下向時には美濃にいた。宗祇の師である専順は応仁文明の乱の勃発後の早い時期に、美濃に下向しており、革手城下の春楊坊《しゅんようぼう》に居住していた。

宗祇はその専順とともに文明四年十二月十六日から二十六日まで『美濃千句』を巻いている。専順自筆本を写したという大阪天満宮本によれば、第一百韻は十六日、第二、第三百韻は十七日、第四、第五百韻は十八日、二日空けて、第六百韻は二十一日、以下、毎日百韻ずつで、平野追加二十二句を二十六日に張行している。普通は三日間で行われる千句連歌をこのような変則的な日程で行っている理由は不明である。この作品は同じ大阪天満宮本の末尾の句上に、専順三百五十九句、宗祇二百七十四句、紹永百九十九句（実数と幾分相違する）とあって、この三人で全体の八割ほどを詠んでいることになる。他に目に付くのは圭祐《けいゆう》の五十七句などであり、専順、宗祇、紹永《じょうえい》の三吟と言ってもよいものである。天理図書館本の冒頭には「文明四年十二月十六日、濃州革手春陽坊に於いて　四季千句三人連歌」とある。専順の自坊、春陽坊で専順ら三人が主となり、それに若干、周辺の人々を加えた千句であったことが分かる。日程の変則的なことは三吟に近い内々の会であったことと関わるのかも知れない。

紹永は『新撰菟玖波集』に十句入集しており、その作者部類[73]には「法眼紹永　美濃国」（鶴岡本・彰考館本）、「法眼紹永　田島」（大永本・青山本）とあり、『諸家《しょか》月次《つきなみ》聯歌《れんが》抄《しょう》』[74]には「六角能登入道弟」とある。専順と同席することが多く、その弟子であったと思われる。

宗祇はこの千句の後、美濃で年を越し、年が明けて郡上に赴いたことと思われる。郡上には前年、文明四年の秋の末頃に関東から戻っていた東常縁がいた。初編本『老葉』[75]（吉川本）には、

　　東下野守の山下にて、春の発句に、祝の心を

　花の経ん千代は八峰の椿かな

の句が見え、これは文明五年春の句と推測できる。問題は春のいつ頃であるかであるが、「椿の花」

が『宗祇袖下《そでした》』[76]に「弥生」とされていること、『老葉《わくらば》』での配列もその時節に該当することから、この句は三月のものと思われる。そうであれば、この句の「祝の心」は新春の祝いではない。常縁が関東で役割を果たし、無事帰国、功績により下野守を許され、東家の家督を継いだことを祝したものと考えられる。

三月、「祝の心」を詠んだとすれば、郡上に到着してから何か月も経ってからということは考えにくい。宗祇が郡上に赴いたのは文明五年三月のこととしてよいのであろう。先に、宗祇の美濃滞在と兼良の美濃下向との関係を述べたが、宗祇は五月の兼良美濃到着の直前まで美濃にいたことになる。

『宗祇初心抄（初心抄）』[77]と呼ばれている初心者向けの連歌手引き書があるが、この書の一本、伊地知文庫蔵本の末尾には「文明五年二月四日　宗祇」とある。この書の伝本は多く、書名をはじめとして、奥書の日付、著者名などまちまちである。もっとも古い奥書年月日を持つものは大阪大学土橋文庫本で、これには「寛正三年八月廿九日　心敬」とある。木藤才蔵は『連歌論集二』[78]の解説で、この書の成立に関して、宗砌《そうぜい》が宗匠を辞して離京したことが記されていること、内容上、心敬の著作とは考えにくいことなどから、享徳三年（一四五四）十一月以後、寛正三年（一四六二）以前とした上で、

伊地知本に奥書に見える宗祇の場合は、心敬と違って宗砌を推重しているから、その可能性が

ないわけではないが、（略）寛正三年という時点で、このような書を著作したかどうかについては、やはり疑問である。

とも述べている。

この書の異本には『専順法眼之詞秘之事』（内閣文庫蔵本）と題されたものがある。これを重視すれば、『宗祇初心抄』は専順の著作、もしくは専順が所持していた書で、「文明五年二月四日」の奥書はそれを宗祇が借りて書写したことを示すとは考えられないであろうか。つまり、宗祇は文明五年二月まで、美濃におり、専順と交流、その後、三月に郡上に赴くとすれば、行動に辻褄が合う。なお、大阪大学土橋文庫本には、『宗祇初心抄』に専順や行助の名が見える袖下風のものが附属しているが、この部分は宗祇が追加した可能性があると思う。

このひと月ほど後、宗祇は文明五年四月十八日に常縁から古今伝受の最終的奥義を与えられている。これは郡上でのことである。三島で『古今集』の講釈を受講してから二年余の後のことであった。関東の動乱の中で始まった講義は両者ともに生活が一段落した時点で成就したことになる。

帰洛

宗祇が都にいつ戻ったのかは不明である。伊地知鉄男は、

一条兼良の『藤河の記』に、宗祇来訪の記述のないこと、又、宗祇はその十月に兼良を奈良に

尋ねていることからして、兼良の美濃下向の時は、已に美濃に居なかったのであるまいか。[79]と推測している。十月、奈良に訪れたことは宗祇が美濃にいたかいなかったかに関係がないと思うが、『藤河の記』については、考慮すべきであろう。

兼良《かねよし》は文明五年（一四七三）五月二日に奈良を発ち、六日には革手城《かわで》に近い鏡島に着いている。革手滞在後、そこを出たのは五月十九日で、垂井《たるい》から琵琶湖東岸を通って奈良へ戻った。宗祇がこの時期、美濃革手城もしくは琵琶湖東岸付近にいたのなら、すれ違っていたはずで、『藤河の記』などに何かしらの記録が残っていても不思議ではない。伊地知の推測は、その時期には宗祇はすでに都にいたということのようであるが、そうではなく、宗祇は四月十八日、古今伝受された後、しばらく郡上に滞在していたのではなかろうか。

『親元日記』[80]六月十一日条に、次のような記事がある。

東下野守常縁書状京着。

この記録には宗祇の名は見えないが、宗祇が書状を持参したということは考えられないだろうか。蜷川親元は伊勢氏の家宰であった。常縁・伊勢貞親《さだちか》らと宗祇の関係、時期を鑑みればあり得ないことではない気がする。つまり、宗祇は五月末から六月はじめに常縁の書状を携えて、郡上を旅立ったとの推測が成り立たないか、ということである。

この時期の宗祇の動向について、金子金治郎[81]は次のようなことを述べている。

文明五年六月二十三日に、上杉管領顕定の家宰として、関東に重きをなしていた長尾景信が没している。死後の地ははっきりしないが、本拠地である上野国の白井城であったろうか。病没のようである。景信の病篤しの報を得て、宗祇は白井城へと駆けつける。宗祇集に、次の和歌がある。

吾妻に侍りし頃、頼む陰とも思ひし人、患ひしかば、その氏神に祈りなどし侍りし。その帰るさに、むなしく身罷りけるよしを聞て

昨日まで千代とも祈る人をしも仏に頼む道ぞ悲しき

そうであると、宗祇は四月十八日の古今伝受後、あまり日を置かずに関東に下向したことになる。四月十八日に郡上、その数日後に郡上を離れ白井《しろい》城へ、六月二十三日より前にそこを離れるということで、この二ヶ月で行き来し、しかも、病状を見舞っただけで、すぐに再び上京の途につく、ということになる。「その氏神」を白井城付近の社のものと考えるのでこのような推測になるのであろうが、かなり不自然と言わざるを得ない。「氏神」は白井城付近の社と考えなくともよいのだと思う。

結局、この数ヶ月の動向は判然としないが、八月十九日には近江で「何路百韻[82]」を張行している。一順を挙げると次のようなものである。

波に咲け花園近き秋の海　　宗祇

汀の松ぞ霧の上なる　　　　宗元
月はなほ山端高く今朝見えて　　　元用
旅立つ野辺の道や辿らん　　　東照（在照とも）

この百韻は宗祇、宗元《そうげん》、元用《げんよう》ともに三十三句で、東照《とうしょう》は一句のみであり、実質的には三吟と呼べるものである。宗元は俗名、小笠原美濃守教長《のりなが》（政広《まさひろ》とも）、応永十八年（一四一一）頃の生まれで、刑武大輔、歴代の足利将軍家に仕えた。弓馬故実家小笠原流を築いた持長《もちなが》の弟である。『新撰菟玖波集』に四句入集している。『親元《ちかもと》日記』によれば寛正六年（一四六五）以前より前に剃髪、宗元と号した。

元用はどのような人物か不明であるが、禅盛《ぜんせい》の発句による、寛正三年正月二十五日の北野天満宮連歌始に、能阿・賢盛《かたもり》・専順らと共に参加している。この会には宗元も列座しているが、宗元の方が一順の順はひとつ前であるものの、宗元五句に対して、元用は七句詠んでおり、連歌の技量は元用の方が上であったと思われる。社会的地位が宗元の方が高かったのであろう。

元用の連歌事跡は以後、文明十七年（一四八五）八月晦日の「何人百韻」まで残されている。この時の連歌では宗祇十六句に次いで、元用は十四句で第二位の句数を詠んでいる。ちなみに同座している肖柏は十三句であった。元用は幕府に近いところにいた連歌師であったのだと思われる。年齢は宗元より下、宗祇と同年輩ではなかったろうか。もうひとりの東照はまったく分からない。ただ、一順の最後に一句のみということは、当時の連歌作法から推測すれば執筆であったかと思う。

この文明五年八月十九日の「何路百韻」の問題の一つは張行場所である。金子金治郎は『旅の詩人　宗祇と箱根』[83]で、

さざなみや志賀の花園見るたびに昔の人の心をぞ知る（千載集・春上六七・成仲）

の歌を挙げ、発句で詠まれている「花園」を「遠い昔の志賀の花園」であるとし、「大津のあたりの陣中に宗祇を迎えての三吟である」と述べている。その可否はともかく、脇の「汀の松」は唐崎の松とみなしてよいであろう。「月はなほ」云々と詠まれている第三は、「賦何船連歌（石山百韻）[84]」の二条良基《よしもと》の発句、

月は山風を時雨に鳰《にほ》の海

を意識しているのではないだろうか。この連歌の脇・第三は、

さざ波寒き夜こそ更けぬれ　　石山座主坊

松一木あらぬ落葉に色変へで　　周阿

で、句の順は相違するが、宗祇らの連歌に使用語句が近く、三人には良基らの連歌が念頭にあった感がある。そうであれば、この連歌は「大津のあたりの陣中」ではなく、石山寺でのものの可能性がある。東照はその寺の若年の僧であったのかも知れない。場所は近江国大津のあたりであることには間違いないと思う。

もう一つの問題は、この連歌が宗祇帰洛途中でのものか、一度、帰洛してから近江へ足を運んでのものかである。これには何の資料もない。先述したように、『親元日記』の記事が帰洛を示しているのであれば、帰洛後ということになる。金子説のように、宗祇が一度、長尾景信を見舞うために関東へ下ったのであれば、日程上、帰路の途中でという可能性が高くなる。ただし、そうであるなら、宗元や元用がたまたま大津にいたか、わざわざ宗祇を迎えに出向いたということになる。六月頃に帰洛してからであれば、逆に宗祇がふたりを誘ってなどと考え得る。いずれにせよ、帰洛直前であっても直後であっても、このふたりと連歌を巻いたことには意味があった気がする。元用が何者なのか不明であることは歯がゆいが、宗元は勿論、両者ともに足利義政《よしまさ》の周辺の人物と考えてよいと思われるからである。

宗祇の発句の「咲け花園」という口吻には、応仁文明の乱で荒廃した都の復興、足利将軍家への言祝ぎが意図されているのではないか。そもそも「花園」から想起される「大津（の宮）」「志賀（の都）」は昔の栄光を思い起こさせる地であったはずである。

六月の内に帰洛したか、もしくは八月十九日にようやく大津に着いたにせよ、遅くとも、秋の内には都へ入ったには違いない。先述したことであるが、この年の十月八日には奈良の一条兼良のもとを訪れている。

翌年の文明六年正月五日には、元盛《もともり》と両吟「何木百韻85」を詠んでいる。第三まで挙げると次のものである。

昨日より山の端遠し霞むらん　元盛
去年の嵐の末の春風　宗祇
雪をのみ花と思ひし梅咲きて　同

この元盛は左衛門尉紀元盛であるらしく、井上宗雄『中世歌壇史の研究　室町前期〔改訂版〕』[86]によれば、永享七年（一四三五）五月二十二日の「赤松満政母三十三回忌詠法華経序品和歌」以来、文明十六年（一四八四）頃の「藤原盛隆勧進亡父法華経追善和歌」までいくつかの和歌の事跡が残されている。この連歌と元盛については次章で再説したい。

帰洛後、最初に迎えた正月の五日という日に、どうしてこのような人物と両吟を巻いたかは不可思議なことである。おおまかな言い方をすれば、いまだ、都には連歌師としての認知度、有力者との繋がりがなかったということなのかも知れない。別の見方をすれば、そのような中で、元盛という人物に接近することが今後の活動に益があるという判断があったとも考えられようか。これは先の宗元・元用の場合と同じことである。

そうであれば、この連歌も先の八月十九日のものと類似した思いが込められているような気がしてくる。宗祇の脇が少し異様で、去年までは「嵐」であったということは何を意味しているのであろうか。第三も同様で、こちらでは年が明けるまでは「雪」ばかりであったというのである。ここにはこれまでの都の状況を暗示されているのかも知れない。また、去年の嵐は今は治まり、春風が吹いているという世の変化を祝する口吻には世の中全般のことだけでなく、宗祇自身の身のあり方への願いも込められている気もする。

帰洛後の動向

文明六年（一四七四）、七年は京での地盤回復、さらなる飛躍を求めた時期であった。そのためには、関東下向前に縁のあった人々を頼りにすること、関東での事跡を示すことが有利であったに違いない。

文明六年正月二十六日、宗祇は自著の『心付事少々《こころづけのことしょうしょう》』[87]を書写している。和中文庫本書末に「長尾方此の分所望に依る」とあることから、関東の長尾氏のための約束を果たした上、それとは別に京のだれかに進上するつもりであったらしい。

二月下旬には『萱草《わすれぐさ》』[88]の清書本が作られている。京都大学谷村文庫本には次のような奥書がある。

此の一帖は、連歌好士宗祇自句を以て之《これ》を編集し、青蓮院准后に誂へて清書を加ふ。外題に於いて宗祇所望に依りて禿筆を染むる者也

時に文明六年夾鐘下澣、之《これ》を書く

この時期の「青蓮院准后」は尊応《そんのう》である。宗祇はこの尊応とは関東下向前に面識があった。『萱草』には夏・冬の発句に「青蓮院准后御月次に」とされた宗祇の作品がある。夏の発句は、

御祓川《みそぎがは》秋やたちえの朝涼み

という夏末のものである。宗祇は文正元年（一四六六）五月中、おそくとも六月には都を離れたと思われるので、この発句は関東下向直前のものとは考えにくい。冬の発句は、

初雪に松の葉惜しき嵐かな

で、「初雪」は『宗祇袖下《そでした》』[89]の十一月の項に見える。これらの発句がどれほど年月を遡れるかは不明であるが、宗祇の連歌師としての活動を鑑みれば、夏の句は寛正六年（一四六五）六月、冬の句は同年十一月のものと見るのが妥当かと思う。

宗祇は帰洛して間もない頃に、関東下向時の報告も兼ねて、このような尊応に『萱草』の草稿本を見せ、清書を依頼したのだと思われる。

『萱草』谷村文庫本には先の奥書に続けて、もう一つの奥書が記されている。次のものである。

此の一冊、彼の好士懇望黙し難きに依り、愚筆を加ふる之《の》処、式部卿宮覧ぜらる之《の》次いで、右の奥書を録せしめ給ふ而已《のみ》。

時に文明第六閼逢敦牂歳沽洗下一候、之《これ》を記す　北麓野叟

「文明第六閼逢敦牂歳沽洗下一」は文明六年甲午三月二十一日。「式部卿宮」は伏見宮家出身の貞《さだ》

常《つね》親王。伏見宮家は貞常親王の父の貞成《さだふさ》親王時代から連歌に関心が深く、月次連歌会を長く続けているなど『看聞日記《かんもんにっき》』には多くの連歌関係記事を載せている。

「北麓野叟」については、足利義政《よしまさ》[90]・一条兼良《かねよし》[91]・二条持通《もちみち》[92]・道興《どうこう》[93]らが比定されている。二条持通は尊応の兄であり、寛正元年正月十九日の室町殿連歌始、寛正五年四月二十八日の足利義政が式部卿宮貞常親王を招請しての室町殿新造御座所での連歌会に参加するなどの連歌事跡がある。応永二十四年（一四一七）生まれで、文明六年当時、五十八歳であった。

また、宗祇との繋がりで言えば、『萱草』中にも春部に「二条関白家にて当座に」、同書夏部に「二条関白家の御千句の内に、扇を」とされた宗祇の発句がある。これらのことから、「北麓野叟」は二条持通である蓋然性が高いと思われる。

この年の四月二十日には、当時、近江の柏木に隠栖していた飛鳥井雅親《まさちか》のもとを訪ね、蒲生智閑《ちかん》と共に歌会に参加している。『蒲生智閑集』[94]には次のように見える。

　文明六年四月二十日、柏木殿、宗祇法師など寄り合ひ侍りて、歌詠みける時

　　山家待時鳥

世の中は憂きにもせめて紛れなん住むを忘るな山郭公《やまほととぎす》

なお、島津忠夫『連歌師宗祇』付載の「宗祇略年譜」には同年の項に、

二月下旬、『萱草』清書本成立。この月、近江蒲生智閑を訪れ、三月尽、蒲生館で千句。

とある。宗祇が蒲生智閑の館を訪れたことについて、島津は本編の中で何も述べていないが、恐らくは初編本『老葉《わくらば》』[95]（吉川本）に、

①　蒲生の藤兵衛尉館へ初めてまかりたりし時　　宗祇
　鳥の音《ね》に花の宿訪ふ山路かな

②　蒲生藤兵衛尉館にて、三月尽の心を、千句に
　今日のみと思はで残れ春の花

とあることによっての推測であると思われる。しかし、雅親邸訪問と違って、これらが文明六年のことである必然性はないのではないか。初編本『老葉』成立の文明十三年（一四八一）までの間のこととしか言えないと思う。

いずれにせよ、宗祇が歌道家で連歌愛好の飛鳥井雅親、また蒲生智閑と親しく接していることは重要で、宗祇は貴顕、武士の間に名を高めていったのであろう。この極の一つが、八月二十四日、三条公敦《きんあつ》が四辻季春《すえはる》を通じて、『宗祇三十句』を後土御門天皇に見せ、その結果として、天皇の命で山科言国《ときくに》がこれを書写したという出来事であろう。『言国卿記』[96]に次のように見える。

右大将、右衛門督を以て御目にかけらるる宗祇三十句連歌を予に写させられ了《おはん》ぬ。

「右大将」は三条公敦、「右衛門督」は四辻季春である。

宗祇沙汰の連歌

山科言国《ときくに》は翌年、文明七年（一四七五）四月六日から九日にかけて「宗祇沙汰の連歌」を書写、三条公敦《きんあつ》と校合の上、後土御門天皇に進上している。これについて、奥田勲は、

完成したばかりの（まだ名前がなかった）句集（「萱草」）か編集が進行しつつあった『竹林抄』の草稿本であろう。

として、

前年の青蓮院本の例から可能性の高いのは「萱草」ではないかと考える。[97]

とする。しかし、『萱草』は先述したように、前年二月下旬には「外題」が書かれているのであり、「名前がなかった」というのは妙であるし、そもそも、個人の句集を「沙汰の連歌」と言うことにも疑問がある。これについては、金子金治郎が、

木藤『連歌史論考』（上、四四二頁）は、宗祇によって編集された撰集のごときものが推測されるとしている。「宗祇沙汰ノ連哥事」の理解としてもっとも穏当な線である。三日にわたる書写で大部なものであることも指摘がある。それ以上は慎重を期しておられるが、翌年成立する『竹林抄』を念頭の発言ではなかろうか。あれだけの苦心蒐集の大撰集であるから、いくつかの前段階があって当然である。[98]

としていることに妥当性があると思う。都の連歌愛好の貴顕の中に、宗祇が連歌撰集を編纂中であ

ることの噂が広まっていたのであろう。

宗祇草庵

文明六年（一四七四）八月二十四日の『宗祇三十句』進上への言及から、翌年のことに話が飛んでしまった。文明六年のことに関しては、島津忠夫に、

夏、京に草庵を結んで初めての会に賢盛を招くか。[99]

という説がある。これは、『竹林抄』[100]に見える

宗祇草庵を結びて初めて会侍りしに

茂れなほ代々の詞の園の竹

についての言である。

島津はこのことに関して、次のような推論を立てている。[101]

文明七年初秋下旬に宗祇は興俊《こうしゅん》のために『源氏物語』槿巻を講釈している（『弄花抄』槿[102]）。また、『竹林抄』には、

宗祇草庵にて千句侍りしに同じ春の心を

花落て鳥鳴く春の別れかな

という賢盛《かたもり》の発句が収載されているが、この句には兼載《けんざい》の『竹林抄』注である『竹聞《ちくぶん》』[103]に、「此の

時の千句の発句」として、

第一　春はまだ朝日色濃き霞かな　　兼載

第九　花をのみ待つことにする老木かな　　宗祇

という注があり、賢盛の発句はこの時の第十発句としている。島津は「これは宗祇が興俊（兼載）の前途を祝う会にわざわざ賢盛の来臨を仰いだものかと思われる」と述べている。そうであれば、興俊は『源氏物語』講釈を聴講するよりも前に来て、その時に「祝う会」が催されたと考えられ、島津は「この千句はその年文明七年の春の興行と見るのがもっとも自然である」とし、とすれば、「花落て」（「茂れなほ」の間違いであろう―引用者注）の賢盛の発句の方は、「はじめて」という前書があることから、さらにその前年の文明六年と見るべきではないか。それは、近江下向の前か後か、おそらくは近江から帰ってから、時の宗匠賢盛を新しい草庵に迎えての会であったかと思われる。前管領政長を迎えての華々しい会は、その翌々年のこととなり、その草庵を「種玉庵」と名付けたのが、その折のことであったと考えるべきなのではなかろうか。とする。

この島津説は「宗祇草庵」で、とある賢盛の「茂れなほ」と「花落ちて」の二つの発句に関することの検証によるものである。島津説は「花落ちて」を湯之上早苗の「兼載の連歌師としての出発を祝う意味[104]」があったとすることを前提に立てられているが、それはともかく、両句ともに文明八年四月までに成立したと考えられている『竹林抄』に収録された句であることは確かで、「茂れなほ」は夏、「花落ちて」は春の句、「宗祇草庵」が同一の草庵で、「初めて」を考慮すると、遅くとも「花落ちて」は文明七年春、「茂れなほ」はそれより前、文明六年夏、ということになるというのである。

この両句の詠まれた年、「宗祇草庵」をどう解釈するかの解明は困難であるが、考えるべきはまず、年に関する島津説がその根拠として挙げている「花落ちて」の句をめぐっての『竹聞』に関わる論である。先述したように、『竹聞』では「花落ちて」の句の注として、兼載と宗祇の千句連歌中の発句が示され第十百韻の発句としている。ただ、これに関して不可思議なことは、注に示されて発句が早春の句であるのに対し、「花落ちて」が晩春の句で、時節が合わないことである。兼載の記憶違いの可能性が高いのではなかろうか。

そうであれば、『竹聞』注に挙げられた千句が兼載（興俊）の前途を祝う目的のものであっても、「花落ちて」の賢盛の発句は別の機会のものとみなすことができる。

さらに言えば、『竹聞』注に見える兼載の句について金子金治郎は、『園塵《そののちり》』書陵部本に「文明十九年春種玉庵にて」、岩瀬文庫本に「文明九年春種玉庵禅老の庵にて」と見えることを指摘している。そうであれば、千句は「兼載の連歌師としての出発」と絡める必然がなくなる。つまり、「花落ち」の句は文明七年春とは確定できない、ということである。

このように島津説を整理してきて、次に問題なのは、この両句詞書の「宗祇草庵」である。前掲の島津の説では、この「宗祇草庵」は後に種玉庵と名付けられる庵と同じと考えているようである。「茂れなほ」の句は『竹林抄』の完成を言祝いでいるかに思われる。『竹林抄』は種玉庵で最終的に編まれた。このことからは、『竹林抄』に見える「宗祇草庵」が種玉庵であるというのには妥当性があるとは言える。しかし、この句を文明六年の句とし種玉庵結庵を島津が述べるように文明六年夏にするのには疑問がある。

宗祇は文明五年六月頃に帰洛した。その後、東山付近、さらに法輪寺の傍らに草庵を結んだと推測されている。それらは一年に足りない住まいであったのであろうか。帰洛した後の住まいについては後に再説したいと思うが、『山城名勝志』などによれば、法輪寺傍らには、東山付近在住の後、秋を含めて一年余、住んでいる。そうであれば、文明六年夏には法輪寺傍らにいたことになるのではなかろうか。

金子はこの「茂れなほ」の句について、文明八年四月二十三日の畠山政長《まさなが》発句の種玉庵披きの連歌を踏まえて、

政長を迎えての会と同じ年の四月とするのが妥当と思われる。竹の茂るのは、木の茂るのに準じて四月でよいと思われ、四月二十三日の政長会を時期的に近接している点が主論拠である。政長の発句にあった言葉の繁栄は、この発句にもあって、草庵始めの祝意は共通している。[105]

と述べている。つまり、この発句を島津説と相違して、文明八年四月の作品と考えているわけである。

そうであると、文明八年四月の句が『竹林抄』に収録され得るかという疑問が生じてくる。『竹林抄』は先述したように文明七年四月にはほぼ編集が終わっていたと思われる。しかし、その段階ではまだ「宗祇沙汰の連歌」とされているだけで、書名は定まっていなかったらしい。『竹林抄』の名が見えるのは、『大乗院寺社雑事記』[106]の文明八年五月二十三日条の次の記事である。

宗祇申す。連歌相続七人作者十巻と為《な》す。序の事之《これ》を申し入る。名は竹林抄云々。

このような命名の段階を見てくると、その名に関わることを読み込んだ「茂れなほ」の句は、編集の最終段階で記念碑的な意味合いで切り入れられた可能性が見えてくる。ちなみに、金子の論に見える文明八年四月二十三日の畠山政長発句の方も、同様に採録することは可能であったであろうが入集していない。こちらは種玉庵披きに関わるもので、『竹林抄』には直接関わりのないことから、そうされなかったということだと思われる。

最後に残る問題は、「茂れなほ」句の詞書に「初めて会侍りし時」とあることである。それに対して、「花落ちて」の方には「宗祇草庵にて」とのみであり、この「草庵」が同じ「草庵」であり、「初めて」をこの「草庵」での「初めて」の会とすれば、夏の句の「茂れなほ」が先で、晩春の句の「花落ちて」が後ということになる。しかも、両句ともに『竹林抄』に収録されているという事実がある。「花落ちて」が『竹林抄』編纂の最終段階の文明八年春の句とすると、「茂れなほ」はその前年以前と考えざるを得ない。やはり、「茂れなほ」を『竹林抄』命名の編纂最終段階の切り入れとみなすことは考えにくいのであろうか。

このことについては、妙案はない。ただ、「花落ちて」の句は晩春の句で、両句の会の時期はそれほど差がない。そもそも、こちらは千句であるから、一日では満尾しない。さらに疑えば、千句の発句は当季を詠んだかどうかも不明で、千句の内とされている「花落ちて」の句が本当に晩春に詠まれたものであるかは疑う余地がある。勿論、両句の詞書の「宗祇草庵」が別のものであった可能性も捨てきれない。

あれこれ、不明な点はあるが、宗祇は文明八年の四月頃に、これ以後、最晩年まで自庵とした種玉庵を結ぶ、と考えるべきだと思う。それまでの二年半はその住居を得るまでの模索の日々であったのであろう。

幕府連歌始に

賢盛《かたもり》発句の検討から、文明八年（一四七六）のことまで話が飛んでしまった。文明六年は宗祇にとって都での連歌活動再開の重要な時期であり、盛んに地盤作りに励んでいたことを見てきた。しかし、まだ、その力は充分には認められていなかった。文明六年や文明七年の正月二十八日に催された幕府連歌始には招請されていない。両年の記録には参加者一覧が記されていないが、『柳原家記録』[107]文明八年正月二十九日条に、

昨日御連歌、宗祇今日初参。

とあり、この年の連歌始が初めての招請であったことが分かる。

文明七年の事跡で特筆すべきことは、先述したことも含めれば、四月十日に「宗祇沙汰の連歌」を後土御門天皇に進上したこと、七月下旬に興俊のために『源氏物語』を講釈、興俊に「宗」の字を与え、宗春と名乗らせたこと、九月十五日に所持の『ささめごと』に識語を書き加えたこと、その前の九月十日と同月晦日に奈良の一条兼良《かねよし》を訪ねたこと、九月二十三日から二十五日に奈良で在住の人々との千句連歌に加わったこと、十二月に『源氏雑乱抄（種玉篇次抄）』を執筆し終わったことなどである。

九月十五日の『ささめごと』に関することは、天理図書館蔵『心敬私語《ささめごと》』[108]の上下巻の各末尾にその記録がある。上巻には、

応仁弐年文月之比《の》、藤沢に於いて武蔵国品河の仁、上木長阿弥陀仏、定めて所持を以て書き取る。是《これ》十住心院より信人也。

文明七年九月十五日

とあり、下巻には、この記述はないものの巻末に、「文明七年九月十五日　宗祇」とある。この日

付が何を意味するのかは判然としないが、宗祇が関東で写して、持ち来たった書をさらに書写し、誰かに進上する直前、本の由緒を書き留めた日付ということであろうか。奥田勲は「奈良滞在中のことであるから、当地の人の求めに応じて書写したのかもしれない」[109]と推測して細かいいきさつは述べていないが、奈良で出向いてから「当地の人の求め」で書写し始めた、また、数日のうちに書写が完了したということも考えにくい。

宗祇は九月十日前に奈良に下向、千句連歌参加を間に挟んで、この月の晦日過ぎまで、奈良に滞在していたと思われる。『ささめごと』の日付はその間の十五日である。奥田は「当地の人」と、人物を特定していないが、それは一条兼良《かねよし》である可能性が高い。兼良から「求め」があったかどうかは不明であるが、少なくとも、宗祇は『ささめごと』を兼良に献上するつもりで、持参、奈良へ下向したのではなかろうか。十五日は献上直前の日付であったと思われる。『ささめごと』は宗祇の関東下向の土産の一つであったのであろう。

十二月の『源氏雑乱抄（種玉篇次抄）』については、奥田が「興俊《こうしゅん》（兼載《けんさい》）に対する源氏講釈がその機縁だった可能性はある」と推察していることでよいように思う。誰かの求めによるものであったかどうかは不明である。後に三条西実隆の質問に対して、かつてその質問に関することで書き留めた書があると述べていることからも、この書はこの時点で、興俊への講釈で明らかになった自分の考えを書き留めておいた、ということかも知れない。なお、『種玉篇次抄』の書名は後世のものであり、この時に、種玉庵がすでにあったかどうかには関わりがない。

　文明七年はこのように次なる飛躍に備えて準備を整えていた時期であった。その思惑は翌年、文明八年正月二十八日の幕府連歌始で叶えられることになる。『言国卿記《ときくにきょうき》』[110]には次のようにある。


　今日武家御連歌也。予役送に参る也。（略）二条太閤（持通）・青蓮院（尊応）・実相院（増運）・前内府・シヤウゴ院（道興）也。又各《おのおの》、馬頭・伊勢・杉原（宗伊法師）・ハガ（垪和）・杉原執筆（長恒）・三井・アケチ（明智政宣）・宗祇初参（飯尾）・エイアミなり。御発《ほん》句《く》此《かく》の如し。


　校訂者による注記以外の者を注記すると、前内府は日野勝光《かつみつ》、馬頭は細川政国《まさくに》、伊勢は貞宗《さだむね》、ハガは奉公衆垪和《はが》元為か、三井は禅盛（三井越前守）・エイアミは栄阿弥であろうか。なお、宗祇の「飯尾」は校訂者による。先に論述したように当時、宗祇が飯尾を名乗っていたとは考えられない。この後に引用された発句は「相」とあり、「相府」の意で将軍を指す。この時の将軍は文明五年十二月十九日に任じられた足利義尚《よしひさ》である。

　宗祇はこの幕府連歌始に招請されたことで、幕府奉行衆で北野天満宮連歌奉行・宗匠であった杉原賢盛《かたもり》（宗伊《そうい》）と並んで、連歌界の第一人者として認められたということであろう。これには当然のことながら賢盛の推輓があったのだと思われる。

　この時期の宗祇の独吟には「春日《かすが》左抛《さなげ》社法楽独吟百韻」がある。この作品は文明八年二月十一日、三月十一日、四月十五日、四月十八日など諸本によって興行日が相違している。これは後に引く宗祇の回想に見えるように、後日追加されることによって百韻が完成したことによるものであろう。しかし、発句などは、金子が「句意からは正月」[111]と推測しているように、この年の正月に詠まれたものと思われる。発句、脇を挙げれば次のようである。

　朝なげに射し添ふ春の光かな
　梅うち薫り雪解くるころ

「朝なげに」に「左抛」を掛け、さらに「春の光」には春日が意識されているが、この語は正月に相応しい。脇の「梅」「雪解く」も正月に該当する季である。この百韻は後に『宇良葉《うらば》』[112]に収録されたが、その末尾には次のような注記がある。

　此の百韻は将軍家の御会に始めて召し加へられ侍りし時春秋五十六歳、春日の末社左抛の御前に祈念の事ありて、彼の御社の名を発句の中に隠して手向け侍りしを、程経て後、独吟の功を三時に終はり侍りし也。おほよそこの神に祈り申す事いささかそのよしある事になん。

　この記述から鑑みれば、この発句が詠まれた時には、まだ、招請の命は下っていなかったらしい。しかし、期待感はあったのだと思う。実際にそれが叶えられたことから、途中まで、例えば第三ほどまで詠んで奉納したものを後日、おそらく、次に述べるように三、四月は美濃国に下向していることから、その地で完成させたのではなかろうか。

『表佐千句』

文明八年（一四七六）の三月六日から八日の三日間には美濃国表佐《おさ》の阿弥陀寺（現、岐阜県不破《ふわ》郡垂井《たるい》町）で、川瀬俊重《とししげ》が主催した『表佐千句』に専順らと参加している。[113] 宗祇がいつまで表佐もしくは専順の坊、春楊坊《しゅんようぼう》のあった美濃の革手《かわで》（現、岐阜市下川手）にいたかは不明である。専順はこの千句の直後の二十日、不慮の死を遂げる。『大乗院寺社雑事記』文明八年四月二日条に、

> 六角堂柳本坊専順法眼、去る月二十日、美濃《三乃》国に於いて□□らる。連歌名人なり。不憫《便》の事也。
> 持是院□□《扶持カ》を加ふる□。

と記録されている。肝心の「於いて」の次の部分が欠損しており、詳細が不明であるが、伊地知鉄男『宗祇』[114] では、ここに「殺害」を当て、

> 恐らく斉藤妙椿の敵東軍一派のために殺害されたのであったろう。

と推察している。

宗祇はこの時には専順の近辺にはいなかったのではなかろうか。伊地知はこの時期の宗祇の美濃下向に関して同書の中で次のように述べている。

> この再度の美濃下向の目的は、独り異境に流浪している恩師専順を訪慰する意味もあったろうが、それよりも郡上郡山田庄に帰国していた東常縁の謦咳に接して、古今伝受の残り、切紙その他の面授口決を享けようとする下向であったろう。

『宗祇法師集』[115]には「文明三の年、東下野前司常縁より古今伝受の後、年を重ねて相伝の上になほ望むことありて、奉りし長歌」とされるものが収録されている。この「年を重ね」た時がいつなのかが問題であるが、これに関して伊地知は常縁《つねより》の返信を紹介、これを文明九年三月三日のものと推測、次のように結論づけている。

> 『宗祇法師集』所収の古今伝受所望の長歌、並びにその消息書陵部本・東山御文庫本等があり、文明九年四月五日には短歌切紙已下を伝受した等々から推して、（略）この八、九年の頃、相伝の残りを数回に亙ってうけたものと観るべきである。

つまり、『表佐千句』の後、宗祇はこの伝受のために、時を経ずして郡上へ赴いたという推定である。このことについては証拠は見いだせず、不明というほかないが、いずれにせよ、宗祇は四月のはじめころには帰京していたことと思う。当時、種玉庵は落成間近か、すでに建物自体は完成、その庵抜きの準備が進められていたに違いない。

第四章　種玉庵

種玉庵という庵

文明八年（一四七六）、宗祇はこれまでの事跡のひとつの成就として、入江殿（三時知恩寺）の隣に種玉庵を結んだ。「種玉」という名の由来は、金子金治郎によって、次のように推察されている。

> 種玉の名は、『捜神記』の「玉を植える」故事がもとである。漢の羊公は、その篤孝によって、石を植えて美玉と好妻を得たという（諸橋大漢和辞典）。もちろん石を植えて、玉となるところが要点である。（略）種玉の故事も背景にあるが、「人の心を種としてよろづの言の葉とぞなれりける」の古今序も生かされ、玉が言葉の玉であることは、「清き渚の玉」（新古今序）にも明らかである。[1]

また、秋定弥生は、横川景三《おうせんけいさん》『補庵京華続集《ほあんけいかぞくしゅう》』中の「玉成字説《ぎょくせいじせつ》」を紹介して、「宗祇の時代に「種玉」なる人物がいた」こと、相国寺に堯夫承勛《ぎょうふじょうくん》（相国寺常徳院桂芳軒《じょうとくいんけいほうけん》の庵主）の「種玉」という名の室があったことを指摘している。このことから秋定はさらに論を展開し、次のように述べている。[2]

「種玉」は、公武のサロンとして、ふさわしい名だったのである。それは、応仁の乱によって、失われたものを継承し、再興しようという精神の籠められた名であったと思われる。

文明八年四月二十三日、「種玉庵」と命名された庵で、畠山政長を招いての『何船百韻』が催され、（略）その「種玉庵」で准勅撰集の『新撰菟玖波集』が編集されること。『新撰菟玖波集』の編集には、守護大名大内政弘の強力な援助があったこと。それらのことを考え合わせると、前に見た「堯夫承勛」と公武の関わりが、まさに符号するのである。そこに、宗祇が、応仁の乱で焼失した「種玉」という「堯夫承勛」の室の名を、庵に付けた意図があったと考えられよう。

そして、かつて宗祇は、相国寺に在していた時、彼ら（臨済宗夢窻派、慈濟門派（常徳院派））に近いところに居たのではないかと思うのである。

宗祇が種玉庵を結庵した時にほぼ二十年後の『新撰菟玖波集』のことが頭にあった、また「応仁の乱によって、失われたものを継承し」ようという意図があったとは思えないが、「種玉」の名が漢籍によるものであることなどを考え合わせると、かつて自分が住していた相国寺で聞き知った言葉を思い起こしたことはあり得ることであったとは思う。

また、「公武のサロン」ということも首肯すべき指摘である。「庵」という言葉は、例えば、『日本国語大辞典』を引くと、「あん」の項には、木で作り草で葺いた粗末な小家。特に、僧や世捨て人、または、風流人の閑居する小屋。大寺に付属する小僧房などをいう。いおり。草庵。庵室。以上のような小家、または料理屋などの名として接尾語的に用いることもある。

とあり、「いおり」の項では、はじめに、

草や木で屋根や壁を造った、小さな、粗末な仮小屋。

と説明している（「いお」の項もほぼ同様）。「庵」という言葉はこのような理解が一般的なのだと思われる。

昭和十六年三月、石田吉貞は『中世草庵の文学』[3]を刊行したが、石田はその著著を次のような言で始めている。

野の末山の麓に、虔《つつま》しく建っている小さな庵、夕べとなれば細い煙が立ち上り、又はひそやかな看経の声が洩れて来るが、そうでもなければ、人間が住むとは思われないような粗末な庵、そして、その中に営まれている隠遁者の蒼白い生活、いまの世に、こうした過去の独善的・非社会的存在と言ってよさそうな生活について考えることは、何かしら忌むべきことのようにも考えられる。

が、今こそは、吾々が本当に自分を知り、自分の有っているものを知り、それを基礎として、本当のものをうち立ててゆかねばならぬ時である。かつての日に、この世に於ける、最も真実な、最も真剣な生活として、すべての所有に替えて営まれた、この純真な草庵の生活が、果たして何であったのか、何を有っていたのか、そして現在の吾々にとって何であるのか、今なればこそ、それを知らねばならないのではないか。

「庵」はこのような隠者文学と結びつけられ、「すべての所有を替えて営まれた」「純真な草庵」として人々に意識され続けられてきた。和歌・連歌などで詠まれた「庵」は確かに先の『日本国語大辞典』で解説されているような意義で用いられるのが本意といってよい。しかし、実際上、庵号として使われている場合は、そのようでないことも多かった。同辞典でも、「いおり」の項の末尾の「語誌」においては、

中近世では、小さな草の家や僧侶の草庵の実質的な意味を失って、雅語的・比喩的に使われることが多い。

との指摘がある。

石田自身も異例としての位置づけであるものの、肖柏《しょうはく》の『夢庵記《むあんき》』の記述を引用しつつ、次のようことを付け加えている。

中世のものはやや整備して快適さを加え、末期から近世へかけては、中には大名や富豪によって、驚くべき凝ったものも混じっているというだけの差は認め得るのである。

肖柏の『夢庵記』に記すところは、中世末期のいわゆる趣味的草庵を代表し得るものである。

（略）

これは、建物の構造には一言も及んでいないが、書院を有ち、これだけの庭を有っていることから推測して、かなり立派なものであったと思われる。

ちなみに、『夢庵記』[4]を引けば次のようである。

草庵のさま、四隣に長松花樹めぐりて、前庭に大いなる巌あり。臥竜のごとく猛虎に似たり。海辺の石あひ混はる。その中に紅梅、軒に近きあり。芦屋の里より遙々移し来たりて、年を重ぬ。横斜三、四丈に及べり。かたはらに井あり。綆《つるべなは》の長きこと数尋、桐葉覆ひて暑を避くるにたよりあり。四時の花、草木に絶えず。これをもてあそびて晨夕老いを忘る。よつて書院を弄花軒《ろうくわけん》と号す。

肖柏の「草庵」である弄花軒はこのようなものであった。もう一例、宗祇の時代に近い例を挙げれば、『康富記《やすとみき》』[5]応永二十五年（一四一八）七月四日の条に見える、次のような庵もあった。

高倉浄居庵論語談義、今日終はる者也。万里小路宰相以下公家の人々三十人許《ばか》り也。僧達百三十八人、以上百六十余人也。

芳賀幸四郎の「室町時代の教育」によれば、「高倉浄居庵とは当時儒学の最高の権威と仰がれていた清原良賢」ということで、「庵」は人物を指すとされているが、元来は所有していた建物の名と見てよいのであろう。芳賀も次のようにその建物の規模のことにも言及している。

百六十余人の参聴者のあったということは、その人数を収容しえた浄居庵の施設や規模、また当時の学問・教育への関心の意外な昂揚をものがたるものとして、注目すべきことでなければならない。[6]

「庵」と名付けられた建物を「粗末な小家」「僧や世捨て人、または、風流人の閑居する小屋」とだけでは理解できないのである。「庵」とか「軒」と名付けられているものは一般には出家者、もしくは特殊な建物であって、貴顕の住居を示す「殿」「館」「邸」を使えないことから名付けられたことが往々にしてあったということである。つまり、「庵」を文学的観念のみで認識すると、実際の文学者および文学の営みを誤解する恐れが多分にある。石田のいう「草庵の文学」はこのような面から見直す必要があると思う。宗祇の庵である種玉庵もこの観点から見るべきものである。

連歌師が自分の家屋に庵号をつけた早い例は梵灯庵《ぼんとうあん》かと思われる。宗祇の師であった専順は自宅を柳本坊《やなぎもとぼう》、春楊坊《しゅんようぼう》などと称している。「坊」と名づけたのは、専順が法眼という僧位を持っていたためであろう。心敬は武蔵国品川での住居を『老のくりごと』[7]の中で、「藻塩の草の庵」と呼んでおり、『古今集』（天理図書館蔵本）[8]書写の奥書に「品川草庵に於いて」と記している。

種玉庵の規模

梵灯庵《ぼんとうあん》、専順らの例がどのようなものであったかは不明であるが、宗祇の種玉庵は先の肖柏の弄《ろう》花軒《かけん》に近い、かなりの規模を持った邸宅と呼んでもよいような建物であったと思われる。たとえば、『実隆公記』[9] 長享二年（一四八八）十一月十九日条には、次のような記録が見える。

　早朝宗祇庵室に向かふ。飛鳥井大納言入道・新大納言宗綱卿・滋野井中納言・予・二楽軒・冷泉新中納言為広卿・姉小路宰相・雅俊朝臣・上原豊前守賢家・由佐九郎左衛門尉長孝・伯々部――・大平――国雄等、参会。斎食後兼日之三首を講ず。当座三十首和歌等。全藤講師也。盃酌数巡に及び酩酊、夕陽に及び帰宅。

次は同年十二月二十二日のものである。

　今朝宗祇法師庵会也。大納言入道・新大納言・滋野井中納言・冷泉新中納言・予・二楽軒・姉小路宰相・大平中務丞・由佐九郎左衛門・伯々部等、座に在り。兼日三首、当座三十首披講有り。読師滋野井、講師大平也。晩に及び帰宅。

宗祇は自庵（種玉庵）に多くの公家などを招いて歌会を催しているのである。前者の例のようにその会では「斎食」「盃酌」が供されてもいる。「粗末な小家」とは考えられない。

大規模な連歌会も催された。たとえば、『月村斎千句《げっそんさい》』は宗祇没後、宗碩《そうせき》の継承した種玉庵で興行された例である。次はこの連歌に関する『後《ご》法成寺《ほうじょうじ》尚通公記《ひさみちこうき》』[10] 永正十三年（一五一六）三月十日条の記録である。

宗碩所に於いて千句の事　今日従《よ》り宗碩所に千句有り。江州者（中江員継）興行と云々。人数、前内府（三条西実隆公）・牡丹花・一

音院・玄清・宗長・宗哲・宗仲・宗碩・珠厳・願主等云々。

この千句は実際には十一日から十四日まで行われたようであるが、三条西実隆《さんじょうにしさねたか》を主客に招いて、当時の主要連歌師を集め、総勢、二十名での会であった。宗碩はこれより前、永正十一年七月二十七日にも実隆の発句を得て、宗祇十三回忌追善の千句を自庵で興行している。『再昌草《さいしょうそう》』[11]には次のように見える。

二十七日、明後日宗祇十三回、宗碩法師彼の旧跡の草庵にて、千句連歌すとて発句請ひ侍りしに

なにか世は夢を残すな象の声

南無大日覚王と句の頭《かしら》に置くと云々

この宗碩が継いだ庵は『二水記《にすいき》』[12]大永六年三月六日条に、

午刻宗碩庵見物せしむ。坐敷美麗也。

とある。種玉庵は何度か焼失しているので、この時の宗碩の庵は宗祇が結庵した時の種玉庵と同じものではないが、規模、結構は宗祇の時代のものとそれほど違ってはいないと推察できる。

木藤才蔵はこの宗碩の庵について次のように述べている。

相当の邸宅を構え、妻子を持ち、近衛家や三条西家に出入するような歴とした乳母をかかえていた宗碩の草庵には、恐らく下男下女の類もいたであろう。[13]

このような規模を持つ種玉庵では古典の講義も行われた。早い時期のものを二、三挙げると、『実隆公記』文明九年（一四七七）七月十一日条には、

早旦宗祇草庵に於いて源氏第二巻講尺有り。

とあり、宗祇自身による『源氏物語』が、文明九年十月二十六日条には、

今日種玉庵に於いて正宗三体絶句講尺聴聞。

とあり、正宗《しょうじゅう》龍統《りゅうとう》による『三体詩』の講釈が行われ、三条西実隆も種玉庵に赴いている。

金子もこの庵のあり方について、

中央文壇での活動の拠点として、結庵の最初から十分な用意をしている。その点、これまでのどの庵とも違っている。事実種玉庵は、和歌・連歌・古典研究の中心となり、公武の貴顕がここに集まり、『新撰菟玖波集』編集の大事業もここで遂行されている。単なる宗祇個人の草庵の域を超えて、サロン的な役割を果し、公的な使命にも立派に応えている。[14]

と述べ、これが「粗末な小家」という規模ではなかったことを暗に示唆している。種玉庵は室町中期の文芸・文芸学の拠点たる規模を備えていたのである。

種玉庵以前

宗祇は文明五年（一四七三）六月頃、七年余に及ぶ離京の後、京に戻ってきた。長期間の不在の

穴を埋めるのにはかなりの日時を要したことと思われる。京の中のしかるべき場所にしかるべき規模の屋敷を持つのは容易なことではなかったと思われる。種玉庵は後に詳説するように、当時の政治・経済の中枢の地に結ばれたのであるが、それにいたるまでは、紆余曲折があったに違いない。

種玉庵結庵時期はこれまで、いくつかの推察がある。前章では、『竹林抄』[15]に見える

宗祇草庵を結び初めて会侍りしに

茂げれなほ代々の詞の園の竹

という賢盛《かたもり》の句をめぐって、島津忠夫が結庵を文明六年夏と推測していることを紹介した。

伊地知鉄男は、

帰洛後、彼が結庵した所は、已にさきの岡崎近くの白川の草庵ではなかった。その会始の一座は夏四月に張行せられたもので、文明五六七年の孰れであるかは確定されないが、その近くであった事だけは想像できる。[16]

として、「茂れなほ」の句を挙げ、

と述べている。

これらの見解に対して、金子金治郎は『宗祇の生活と作品』[17]で次のように述べている。

種玉庵の開庵は、文明五・六・七年の間と考えられている。宗祇の関東から帰京して京都定住に移ったのが文明五年、『種玉篇次抄』が文明七年十二月である所からの合理的解釈であるが、

在京の始めの住居は東山雲居寺跡であろうこと、『種玉篇次抄』は後の名称であるから拘束されないだろう、とはすでに述べたところである。

本稿の主眼は、種玉庵が公けにされたのは、前管領畠山政長を迎えて、文明八年四月廿三日に催した百韻の時のそれであろうというに尽きる。

金子の推察は首肯するに値すると思うが、そうであれば、種玉庵結庵まで、宗祇が京のどこに住していたかが問題になる。これに関しても、金子の同書に詳細な論がある。この論考によりつつ、しばらく、種玉庵結庵までの宗祇の住居を追っておきたい。

金子はまず、帰京直後の文明五年秋・冬の住居を紹巴《じようは》『富士見道記《ふじみみちのき》』を引いて、東山の「桂の枝橋」とする。『富士見道記』[18]の京出立の記事に次のようにある。

弱冠は関山までなどありしかば、片方《かたへ》は後《おく》らかし、先に立てて、祇園までも笠を取りあへず行き至りぬ。（略）今日は暮らして月の桂の橋に出でなど言ひて、心敬旧居、また桂の枝橋とて宗祇在京のはじめ住める所こそ良き所よとて酒呑みけるを、大津馬はやめて迎へ数多《あまた》来たれりければ、何となく行きけるに、若き人々は粟田口をさへ行き過ぎて、我を松坂と言ひける。

問題はここでいう「宗祇在京のはじめ」がいつのことを意味するかである。宗祇が関東下向前、相国寺を出てから都のどこかに居を構えていたことは確かなことであろう。『萱草』には、

吾妻にて、かりそめの草庵を結びし比、都の住まひなど思ひ出でて

旅の宿都に植ゑし花もがな

と見え、「都の住まひ」があったことが知られる。しかし、年少の時以来、都に暮らしていたはずの宗祇が、相国寺を出て自庵を結んだことを「在京のはじめ」というかには疑問がある。金子はこのことについて、次のように述べている。

在京は関東下向の前であるから、その間に出京して居を定めたことは、もちろん考えられる。しかしここは、有名でもない時代の宗祇ではなく、すでに一家を成した後の宗祇であろうと思う。とすれば文明五年の上京時がもっともふさわしくなる。

宗祇が真に世に認められたのは関東下向後で、それ以前の事跡はほとんど伝えられていない。七年余に及ぶ不在の後、改めて京に自庵を結んだことを「在京のはじめ」としたという金子の判断は首肯できると思う。

初編本『老葉《わくらば》』[19]（吉川本）には、次のような詞書を持つ発句がある。「第十　発句」の巻の冒頭に並べられている句々である。

睦月一日《いちにち》侍りし会に　　宗祇

霞をもまたで春立つ都かな

春の初めの会に

山や今朝目のうちつけの春霞

北白川にて、同じ頃

誰が春ぞ雪の麓の朝霞

このうち、三句目の「誰が春ぞ」の句は『宇良葉《うらば》』[20]では、

東山に侍りし年、春の雪を

という詞書が付されている。「誰が春ぞ」の句は「北白川」つまり「東山」にかつて住していた頃のものということになる。ここと「桂の枝橋」はどのような関係にあるのか不明な点があるが、この「北白川」の句は関東下向から帰京してのものと考えるのが妥当だと思う。

初編本『老葉』には帰京前の句も含まれているが、右に挙げた句は帰京前のもののみを編纂した『萱草《わすれぐさ》』には見えないものであるからである。

二句目の「山や今朝」の句は、三句目と「同じ頃」の句ということであるが、場所も同じ「北白川」であったとしてよいのではなかろうか。ちなみにこちらは『宇良葉』には収録されていない。「霞をも」の句はどこでいつとは判然としないものの都での春の到来の早いこと詠んだ句で、能因の白川の関の歌などを踏まえていることからも、関東から都へ戻ってきた感動が籠められている気がする。

次に問題となるのは、「桂の枝橋」という場所である。ここは先の『富士見道記』の記述からすれば、鴨川の東、粟田口へ行く途中の「心敬旧居」のあたりと考えてよいのであろう。「心敬旧居」

は石津志津子によれば、「東山の清水寺近く、清水坂の南にあった」[21]と推察されている。「桂の枝橋」は恐らく、謡曲「熊野《ゆや》」に「清水寺の鐘の声」や「地主権現の花の色」と連ねて、「仏ももとは捨てし世の、半ばは雲に上見えぬ、鷲のお山の名を残す、寺は桂の橋柱、立ち出でて峰の雲、花やあらぬ初桜の、祇園林下河原」[22]と謡われた寺だと思われる。日本歴史地名大系『京都市の地名』[23]には「桂橋寺はもと雲居寺の一宇で、高台寺塔頭岡林院の地を旧地とする」とある。

なお、『雍州府志《ようしゅうふし》』[24]巻八古蹟門上「種玉庵」には「連歌并びに倭歌之《の》達人宗祇法師の棲みし所也。伝へ言ふ、東山に在り。一説に園の池の辺に在りと。然れば則ち大宮一条辺也。熟《いづ》れ是なる事を知らず」と見え、混乱しているが、このうちの「東山に在り」という「伝言」は、「宗祇在京のはじめ住める所」を示唆しているかと思う。もう一説の「園の池の辺に在りと。然れば則ち大宮一条辺也」のことに関しては不明である。後の種玉庵の位置をこのように認識したか、もしくは、別の寓居であった可能性もある。

宗祇の住居はもう一カ所が知られている。『再昌草《さいしょうそう》』[25]文亀二年九月の条、次の贈答歌の詞書に見えるものである。

二十四日、玄清もとより宗祇の事など申して、一昨日嵐山の紅葉見にまかりぬるに、古寺の門前に草庵ありて、宗祇、源氏物語見るとて籠りゐたりし跡など申し出だす人ありしかば、あはれになど申してこの寓居については伊地知鉄男が『宗祇[26]』の中で次のように述べている。

源氏研究のために籠居した処が、嵐山に近い古刹であったことが判明する。この草庵のことかどうか明らかではないが、『山城名勝志』十葛野郡の宗祇法師の条に「磧礫集云、宗祇法師法輪寺のかたはらに庵を結て、一年あまり住けるに」云々とある。『名勝志』の典拠は不明であるが、虚空蔵法輪寺は嵐山の東、山麓にあるから強《あなが》ち両者を関係づけることも失当ではなかろう。伊地知はこの論の次に、先に言及した「北白川」の住居も含めて「一年余りの短い期間のものであったろう」と述べている。ただし、次に引くように、伊地知の説は関東下向前の草庵と考えているようである。

　当時の草庵は、現在我々が想像するような豪華な永久的住居ではなく、所謂、黒木の丸柱の掘建《ほったて》の蓬茨《ほうし》に過ぎないもので、二三年も経過すれば雨露に朽ち果てて、朽ちれば他へ移住するという、全くの仮の栖処であったのである。随って宗祇の連歌古典の修学期に於る草庵も、一箇所に一定したものではなく、二三年に一度は住みかえねばならない生活であったのであろう。

「草庵」が必ずしも伊地知のいうようなものではなかったことは先述した。種玉庵以前の宗祇の住居がどれほどのものであったかは不明であるが、少なくとも連歌会を行うことのできるほどのものではあったに違いない。

　今はそのことより問題であるのは、「北白川」にせよ、「桂の枝橋」や「法輪寺のかたはら」にせよ、これらの住居がいつ頃のものかである。「北白川」「桂の枝橋」に関しては、関東から帰京した後のものである可能性が高いことを先述した。「法輪寺のかたはら」の方は類推する手がかりがない。金子もこの住居について触れてはいるものの、いつの頃のものかについてはまったく述べていない。ただ、伊地知のいうように、一時的なものであるとすれば、帰京して種玉庵を結ぶまでの仮寓であると見るのがよいのではなかろうか。伊地知のいう「二三年」はまさに、宗祇が帰京した後、種玉庵結庵までの期間と一致する。『源氏物語』の研究も種玉庵結庵前の文明七年初秋下旬に興俊《こうしゅん》（兼載《けんざい》）のために行った『源氏物語』槿巻の講釈、文明七年十二月の『種玉篇次抄』著述と関係するのではなかろうか。

宗祇は帰京後、東山あたりに一、二年、法輪寺あたりに一、二年、洛中周辺に居住し、都の連歌壇への復帰をもくろんでいた。他に『雍州府志』に見えるような「園の池の辺」も含めてもよいかも知れないが、種玉庵に定住する前は京のさまざまな所を転々としていた。その準備を経て、文明五年秋から二年半後に、種玉庵開庵ということになったのだと思う。

種玉庵結庵の時期

種玉庵は文明八年（一四七六）、おそらく夏のはじめには完成していたと思われる。文明八年四月二十三日の日付をもつ次の連歌[27]が残されていて、遅くともこの時より前に違いない。

文明八年四月二十三日

賦何船連歌

言の葉の種や玉咲くふかみ草　　政長朝臣

露さへ清し茂る木の下《もと》　　宗祇

水青き庭の月影明そめて　　賢盛

（略）

政長朝臣五句　宗祇五十五　賢盛《杉原殿》六　長興宿祢《外記殿》五　長則《羽賀殿》三　祥盛《三井越前入道殿》五　国久《遊佐弾正殿》三　周《時衆》木四　栄阿《公方同朋》四　賢林《伝法輪道場時衆》一　世縁四　盛春《草部》三　立阿《公方力阿が子》一　木阿《時衆》一

この百韻は後半五十韻が宗祇の独吟となっていることから、四月二十三日の連歌会において五十韻が詠まれ、後日、宗祇が五十韻を加えたものであろう。句上で「宗祇五十五」となっているのは、その事情によるのであり、後日の五十韻を除けば、主たる連衆の句数はほぼ同数となる。

この連歌は畠山政長《まさなが》の発句に「種玉庵」の名が詠み込まれ、祝賀の気持ちが表されていることもあって、庵披きを祝すものだと考えられる。座において百韻を満尾しなかったのは、祝宴など連歌以外の諸事が催されたためである可能性が高い。

行われた場所は常識的に考えて種玉庵としてよいと思う。少なくとも主催者は宗祇であったことは、座の作法で、脇句は亭主が詠むことが習いであることからも言えることである。発句を詠んでいる政長が主客で、第三句の杉原賢盛《かたもり》が宗匠格として加わっている。他の連衆は畠山の家臣、幕臣、同朋衆などである。

種玉庵はこの時からそれほど遠くない時期に完成していたはずであるが、それは帰京から二年半ほど後のことで、それまで京のどこに住居を構えていたかについては、前節で論究した。

種玉庵の規模についても前述したが、かなりの規模を持つ住宅がわずかな期間で竣工するはずがない。開庵披露の連歌会が文明八年四月のことであれば、その建設が始まったのは、一年ほど前ということであろうか。

後に詳説するが、種玉庵は入江殿の隣に位置することが分かっている。このことを前提にして、金子金治郎は『連歌師宗祇の実像』[28]中で種玉庵着工に関して、『実隆公記』[29]の文明七年五月二十日条に「晩に及び入江殿新造に参る」、文明七年十一月二十七日条に「晩頭入江殿新造に参る」とあることを挙げ、次のような入江殿との関係を示唆している。

もし、この入江殿新造が、種玉庵の新造と何らかの関係があるとすれば、翌文明八年の種玉庵開庵への準備が、前年に具体化されていたことになる。

ここでいう「何らかの関係」とはどのようなことを想定しているのか、金子の論には具体性がないのでよく分からない。種玉庵竣工よりほぼ一年前にできあがっている入江殿の新造計画と同時に、種玉庵が計画されていたということなら早過ぎる感がある。

ただし、完成時期から逆算して種玉庵の建築計画が入江殿の新造が成った頃に起こったという可能性はあるかとは思う。この時期は、東軍の細川勝元《かつもと》と西軍の山名持豊《もちとよ》（宗全《そうぜん》）死去の後を継いだ細川政元《まさもと》と山名政豊の間に和平交渉が行われた時期で、社会全般に厭戦の気分が強くなって、乱によって焼失した邸などの復興がなされつつあったからである。宗祇の庵も、このような復興期、多くの貴顕が邸宅を再建し始めた時期、帰京して一年ほど経った時期に、入江殿に隣接する場所に自庵を置くことの意義を自覚して、画策し始めていたことは想像にかたくない。

入江殿はもともと後光厳天皇の皇女、見子《けんし》内親王が伏見入江に開いた尼寺で、二世方丈には足利義満《よしみつ》の娘、ついで義持《よしもち》の娘が継ぎ、その後、伏見宮家の姫宮が二代続き、以後、義教《よしのり》、義尚《よしひさ》の娘が継いだという。種玉庵結庵当時は、義教の娘、椿性《ちんしょう》が方丈であったようであるが、この寺の東庵には文正元年（一四六六）、三条西実隆《さんじょうにしさねたか》の姉である聖珍《せいちん》が出家入寺したという。[30]

入江殿はこのように室町期の主要な家柄に関わる寺であったが、そのことも含めて、重要なことは種玉庵結庵当時、この寺が当時の政治、経済の中心地にあったことである。宗祇はそのような入江殿の隣に自庵を結んだ。それが可能であったのには、よほどの支援があったかと思うが、その背景等については後に言及するとして、まず、種玉庵の所在地を改めて確認しておきたい。これまでの研究史において揺れがあるからである。

所在地・伊地知説

種玉庵の所在地については早くに、伊地知鉄男「『再昌草』と『雪玉集』との関係を論じその連歌史料的価値に及ぶ[31]」に詳細な考察があり、そこでは次のように述べられている。

種玉庵の所在については古来東山の辺にあったと思惟されていて、疑う者はない。『雍州府志』巻八、愛宕郡の古蹟門上の種玉庵に（略）。『山城名勝志』巻十五、愛宕郡五の種玉庵に、（略）と考証している。（略）『名勝誌』の説には信憑し得ない。（略）実隆は屢種玉庵を訪れては連歌談等に打ち興じていることが『実隆公記』に誌されている。（略）実隆は入江殿の帰路に宗祇を訪れている。（略）両者は甚だしく地理的にも接近していた証左と観なければならないものではなかろうか。

却説、『再昌草』巻十、永正七年に、（略）巻十二、永正九年二月の箇所に（略）とあるのに拠れば、宗祇生存中は三時知恩寺とその草庵との間には自由に往来できるように道がつけてあったが、没後一時その道が塞がれて仕舞ったのを、この時そこの庵主宗碩が昔日のように再び道をあけたという意味である。この「宗祇法師跡」と前の「旧跡」とは当然同一のものを意味し、それが三時知恩寺隣接の地に存したものであるならば、前掲の種玉庵と入江殿（三時知恩寺）との地理的論証にあげた『実隆公記』に勘校して、この旧跡を種玉庵と断じて誤謬ないものと思われる。即ち種玉庵と三時知恩寺とは推察の如く隣りあっていたことが判明する。

三時知恩寺というのは、『親長記』文明五年六月廿四日の条にも「於三時知恩院入江殿、（略）」とあって、（略）三時知恩寺が入江殿である。（略）三時知恩寺は上京区小川通上立売上ル町にあって、もと崇光院の御所であった。

この論考にある「上京区小川通上立売上《かみだちうりあが》ル町《まち》」は現在の地番では、上京区新町通今出川上ル上立売町であり、現在の三時知恩寺のある場所に該当する。

所在地・金子説

前節で引いた伊地知鉄男の説以後、長くそこで指摘された場所が種玉庵の所在地の定説となっていた。しかし、昭和五十八年になって金子金治郎は、『宗祇の生活と作品』[32]において次のようにこれを否定したのである。

種玉庵の場所については、入江殿と呼ばれた尼寺の三時知恩寺に隣接していることが明らかにされている（伊地知『宗祇』一〇九ページ）。（略）

三時知恩寺であるが、（略）現在上京区上立売新町下ルにあり、（略）本院はほぼ現在地にあり、東庵・西庵があった。（略）第二世了山尼の時、西洞院正親町に移り、やがて現在地に移るが、寺の見聞では、応仁の頃はすでに移っていたという。（略）伊地知『宗祇』もこの見解に立って、種玉庵の位置を決めている。しかし、移転の時期は微妙で、最近の『京都市の地名』（平

凡社　昭和五十四・九）は、『京都坊目誌』によって、正親町の帝の時現在の地に移ったとしている（三時知恩寺条）。となれば、種玉庵の位置も西洞院正親町となる。正親町の地は、現在の三時知恩院の西面新町通りを南下し、今出川通りと越えて一条通りに交わる西で、距離は遠くないが、室町花の御所に近い位置ではなくなる。『京都市の地名』は元真如堂町（一条通り西洞院東入）の項で、そこが官衙町の地であること、応仁以前を描くとされる中昔京師地図に、このあたりに「入江」とあること、又中昔京師地図に同じく「入江、入江殿」のあることを指摘する。（略）文明十年の火災記事から見ても、『京都坊目誌』の正親町帝の時の移転説に従うべきかと思う。安土桃山時代のこととなり、種玉庵は、正親町の入江御所に添って営まれたとなる。

金子はこの説を、『連歌師宗祇の実像[33]』でも踏襲したが、さらに次のようにも付け加えている。

国立歴史民俗博物館蔵「洛中洛外図屏風」を見ると、小川の川筋下方に「いり江どの（入江殿）」「このゑどの（近衛殿）」の屋敷が並び、その下方の霞を隔てて町屋になる。「いり江どの」の下方霞の部分こそ宗祇種玉庵の所在地となる。

この論考で挙げられている「洛中洛外図屏風」は現在一般に歴博甲本（旧町田本）と呼ばれているものである。この屏風を見ると、入江殿はほぼ現在の三時知恩寺の位置に描かれている。つまり、金子は入江殿を「元真如堂町」と考えていながら、「洛中洛外図屏風」をもち出してかえって自ら矛盾を来している。

このように金子説には混乱があるものの、その権威もあって、これまでの伊地知の定説を揺がすことになった。例えば、奥田勲『宗祇』[34]に見える次のような困惑はそれを示している。

他にも宗祇の旧跡は京洛内外に数箇所ある。（略）それらの中で著名なのがこの種玉庵である。どこにあったかは詳細な考証がある（金子『連歌師と紀行』）。しかし入江殿つまり三時知恩寺（現在の上京区上立売町）の当時の位置が確定できないこともあって、それに隣接していたという種玉庵の位置は曖昧な点が残る。しかし、重要なのは場所の特定よりも、その庵がこれから宗祇の、いや当時の京都在住者、来訪者を問わず文雅の人士の文化的活動の重要な拠点として機能してゆくことにある。

御霊殿

しかしながら、金子金治郎の新説は誤りと断定してよいと思う。種玉庵の所在地推定の最大の手掛かりは、伊地知鉄男・金子両説も基盤としているように入江殿（三時知恩寺）である。『再昌草《さいしょうそう》』[35]（書陵部蔵鷹司本）永正九年（一五一二）二月の項に、

二十四日、宗碩法師が庵室、もとの宗祇法師虫三時知恩院の内へありしごとく道をあけたるよし申し侍りしに、申しつかはし侍りし

同じくはその世ばかりの跡もあれな古りにし道に今日はかへりぬ

返し
言の葉のかしこき玉を光にや及びなき世の跡をしも見ん

とあることなどにより、種玉庵が三時知恩院（寺）と隣接していたことは周知のことである。

また、御霊殿《ごりょうどの》（近衛殿《このえどの》）とも接していたことも同書大永四年（一五二四）三月の次の記述から分かる。

二十二日、千句夜部果てて、今朝は心静かに懐紙など見て、おのおの物語などのついでに、御霊殿の藤の花盛りに、この庵の軒の松にさし覆ひて、雨の内をかしく見え侍りしかば、物に書きつけたりし
またや見ん松の言の葉色添へし名残尽きせぬ宿の藤波

御霊殿は渡辺悦子「「御霊殿」―室町・戦国期近衛家の邸宅と女性たち」[36]によれば、「代々の近衛家嫡女が住んでいた」邸宅であり、その初見は、『晴富宿祢記』などに見える文明一〇年（一四七八）一二月二六日の焼亡の記事」であり、「一五世紀半ば～後半頃」の創建であろうという。つまり、種玉庵結庵の数年後に建てられたものということになる。この地が、室町期の貴顕の邸宅の多く集まっていた所であり、さらには入江殿という尼寺の存在がその地を仮の本邸として選ばせたのかも知れない。

それはともかく、この邸宅は、応仁の乱でのもとの本邸が炎上した近衛家にとって貴重な家とな

り、渡辺の言葉を借りれば、「文明一五年（一四八三）、政家は近衛室町の本宅跡地ではなく、この御霊殿敷地内に邸宅を再建する」こととなり、「天正年間に烏丸今出川の広大な敷地に移転するまで、近衛家当主の住む邸宅としての「近衛殿」との呼称で呼ばれるようにな」ったという。同邸は庭の桜が著名で中世から近世初頭まで「桜の御所」と呼ばれた邸であった。同志社大学校地学術調査委員会の発掘調査における辰巳和弘の報告[37]には、

室町期の近衛家では、糸桜の花見が恒例となっている。近衛政家の日記『後法興院記』や、その子尚通の日記『尚通公記』など、室町後期の近衛当主の日記には、自邸での糸桜の花見行事が毎年のように記述される。

とある。

宗碩庵

前節で引いた入江殿のことが記された『再昌草』の記事は宗祇没後のものであるが、門弟の宗碩《そうせき》がその跡を継いだことが確認でき、幾度か焼失された後のことではあっても、敷地自体は同じだと考えられている。

次に一覧したのは宗碩の庵に関する記事で、これらは宗碩が種玉庵を継いだことを暗示していると思う。

永正七年（一五一〇）四月三日

四月三日、宗碩草庵宗祇旧跡也にて、明日連歌あるべし、発句とて請ひ侍りしかば

初ねもや宿はむかしの郭公　（書陵部蔵鷹司本『再昌草』）

享禄二年（一五二九）六月二十二日

入江殿に参る。宗碩庵の事、執に依り申す。通路等旧の如く為《な》す可《べ》しと云々、（略）昏に及び宗碩山科自《よ》り上洛し来《きた》る。早々入江殿に御礼申す可く之《の》由之《これ》を示す。（『実隆公記[38]』）

永正十一年（一五一四）七月二十七日

二十七日、明後日宗祇十三回、宗碩法師彼の旧跡の草庵にて、千句連歌すとて発句請ひ侍りしに

なにか世は夢を残すな象の声　（書陵部蔵鷹司本『再昌草』）

天文二年五月十七日

智春（宗碩娘、玉の乳母―引用者注）来《きた》る。宗碩留守。昨夕の款冬、其の事を謝する之《の》使也。（『実隆公記』）

天文二年七月二十六日

二十六日、宗碩庵室にて連歌すべしとて、蓮光院すすめし

故郷はなほ松虫を心かな　（御所本『再昌草』）

天文二年十一月二十七日

周桂法師、今朝宗碩旧跡にて、植ゑし松の雪を見て

植ゑし人待つともなしに松の葉のたがため積もる今朝の白雪

と詠みしと申して、見せ侍りしかば、（御所本『再昌草』）

天文三年（一五三四）一月四日

宗碩娘玉来る。一桶一種同じく之《これ》を携ふ。（『実隆公記』）

三時知恩寺（入江殿）と近衛家の本邸となった御霊殿と種玉庵の位置関係を見てきたが、これらの資料によれば三者は隣接していた、ということになろう。

入江殿・御霊殿の所在地

前節までで述べたことを踏まえれば、種玉庵の所在地を探るには、種玉庵創設当時、入江殿さらには御霊殿（近衛殿）がどこにあったのかを確認すればよいことになる。まず、入江殿の方から考えていきたい。

歴博甲本「洛中洛外図屏風」をめぐっての金子金治郎説の矛盾については前述した。一歩譲って、この屏風が金子のいう正親町《おおぎまち》帝代の移転後の景観を描いているのであれば、矛盾は解消するが、この屏風の成立は一般に正親町帝代より前の大永五年（一五二五）頃とされている。小島道裕「洛中

洛外図屏風歴博甲本の成立と初期洛中洛外図屏風諸本」[39]にはそれより幾分下げて次のような推定がなされている。

　歴博甲本の景観年代は、通常一六世紀前半、一五二五年（大永五）以降とされる。（略）下限としては、天文八年（一五三九）に次の将軍御所が「花の御所」の位置に造営される以前、ないし天文五年（一五三六）に起こった「天文法華の乱」で多くの寺院が焼失する以前、という理解が一般的（略）以上、初期洛中洛外図屏風四本について、年代・作者等の現時点での推定をまとめれば、次のようになる。（略）歴博甲本　（制作年代）一五二五年　（制作者）狩野元信

（発注者）細川高国

正親町天皇の在位期間は一五五七年から一五八六年である。この点からも金子説は成り立たないことになろう。

勿論、この歴博甲本「洛中洛外図屏風」の景観推定年代だけを証拠にすることは危険である。しかし、入江殿の所在地に関しては幾つもの傍証となる資料がある。それを見ておきたい。次は『後《ご》法興院政家記《ほうこういんまさいえき》』[40]長享元年（一四八七）十二月十一日の火災記事である。

亥刻の終はり北方に火事有り。寺井在所《武田被官人》自《よ》り火出づ。西大路太略焼失。家門近々以《もっ》ての外《ほか》、仰天是非無し。数刻炎上。然而《しかして》殊《こと》無き事、併し神慮左右能《あた》はず、々々々々。入江殿又難儀に及ぶ間、此の所へ来らる。

同日の火災記事には、次の『実隆公記』長享元年十二月十一日条のものもある。

初夜時分火事有り。武田被官寺井居所辺自《よ》り出づと云々。安楽光院以下入江殿の前の小家等悉く焼失。堅樫家元伊勢家、将軍家と為す等同じく焼失。凡そ家数六百余云々。九町々余り也。安楽光院焼失。大館少弼・二階堂等居所同じく灰燼に化す。

さらに時代を遡らせて応仁元年（一四六七）の資料を見ると、『応仁記』[41]応仁元年正月十五日の記録に次のようにある。

花の御所は細川方より寄せ来《きた》るとて、日番夜廻りひまもなく警固に奉る。又、細川方には御所より討手向ふとて、面々に手分けをし口々をこそ堅めけれ。先、西大路をば安富民部丞元綱、入江殿の西の釘貫、樫と堅《かた》め打ちて、其の勢三千ばかりにて堅む。又、安楽光院の門より上へは内藤備前守が勢、甲の緒を締め、馬の腹帯を堅めさせて、（略）御処には右衛門佐、「ここは他に譲らぬ処なり」とて、我か手勢賦りをぞせられける。（略）凡そ千ばかりにて入江殿の門の前、西へ向ひて整へたり。

同年同月同日の『応仁別記』[42]の記事にも、

北の御門は右衛門佐義就堅めらる。本敵なれはとて、勝元の方へさし向かひ、入江殿の釘貫《くぎぬき》と養春院の釘貫と柳原の一の口を差しかためらると聞へしかば、

とある。

室町後期室町殿周辺図

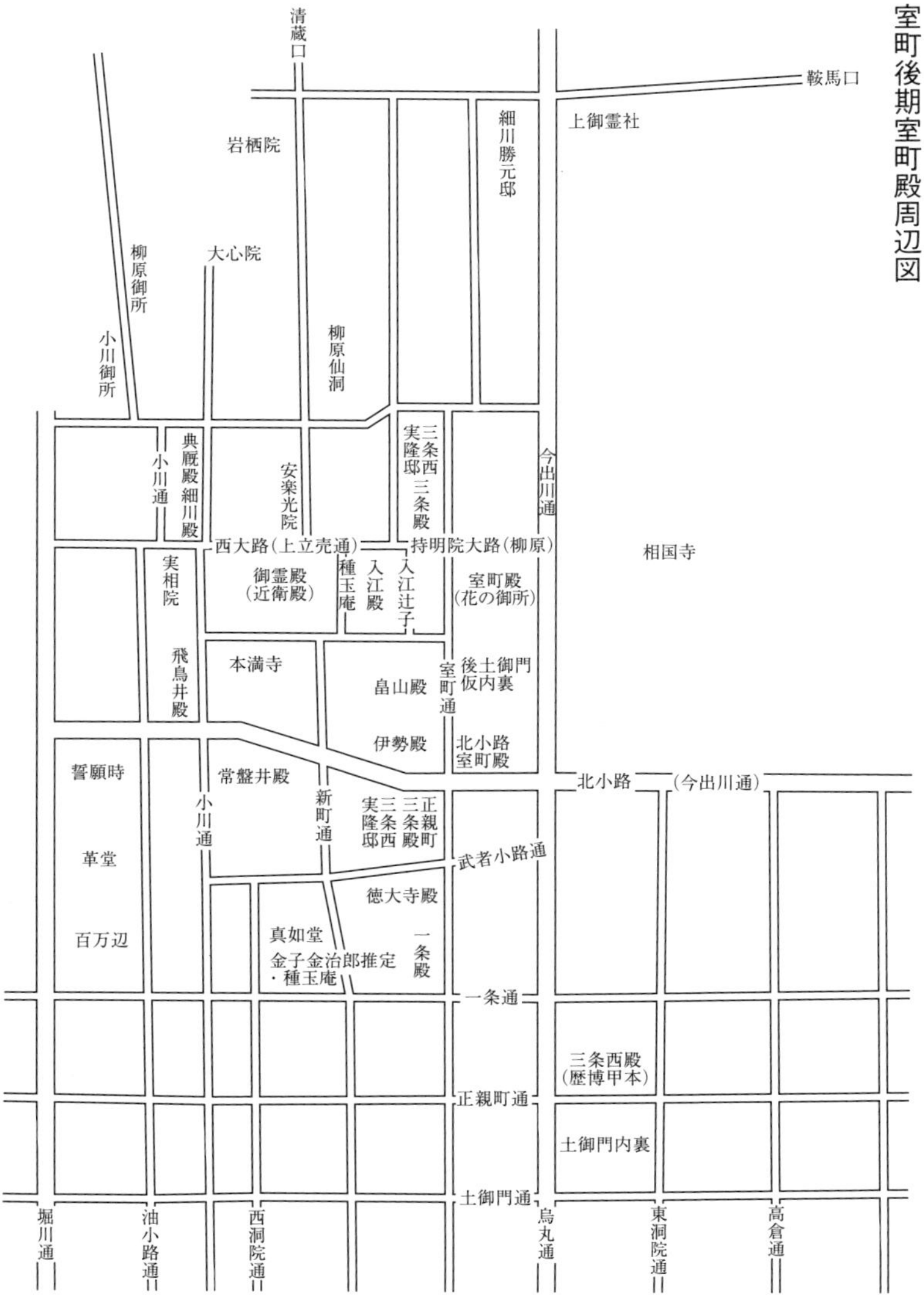
清蔵口
鞍馬口
上御霊社
岩栖院
細川勝元邸
柳原御所
大心院
小川御所
柳原仙洞
三条西実隆邸
三条殿
今出川通
典厩殿細川殿
小川通
安楽光院
西大路（上立売通）
持明院大路（柳原）
相国寺
実相院
御霊殿（近衛殿）
種玉庵
入江殿
入江辻子
室町殿（花の御所）
本満寺
飛鳥井殿
畠山殿
室町通
後土御門仮内裏
伊勢殿
北小路室町殿
北小路
（今出川通）
誓願時
常盤井殿
小川通
新町通
三条西実隆邸
正親町三条殿
武者小路通
革堂
徳大寺殿
真如堂
百万辺
金子金治郎推定・種玉庵
一条殿
一条通
三条西殿（歴博甲本）
正親町通
土御門内裏
土御門通
堀川通
油小路通
西洞院通
烏丸通
東洞院通
高倉通

これらの記事からは入江殿が「花御所《はなのごしょ》」「西大路《にしおおぢ》」「安楽光院《あんらくこういん》」「養春院《ようしゅんいん》」「柳原《やなぎはら》」付近であったことが分かる。これらの所在地については二〇〇ページの地図[43]を参照してほしい。入江殿がこれらと近い所にあったということは、現在の三時知恩寺のあたりにあったことを証明している。

後に近衛殿の本邸となった御霊殿（桜の御所）も種玉庵に隣接していたことについては『大乗院寺社雑事記』[44]文明十年（一四七四）十二月二十八日条が参考になる。

二十五日夜半京都焼亡。小河之《の》東より室町を堺て二時計《ばかり》焼了。御霊殿焼了。仍《よっ》て近衛殿は一条殿へ御成。則ち広橋亭に御入ると云々。宗祇之《の》在所同じく焼了。三条以下公家者《は》小屋共皆以《もっ》て焼け了《おはん》ぬ。御陣三分一は焼亡し了ぬ。坂本口之《これ》を止む。京都迷惑之《の》由云々。

前引した『再昌草』だけでなく、こちらからも、種玉庵が御霊殿の付近にあったことが分かる。御霊殿焼失は奈良から京に戻った近衛政家《まさいえ》が居所とした翌日のことであった。『晴富宿祢記《はるとみすくねき》』[45]文明十年十二月二十六日条には、

寮舎一焼了《おはん》ぬ。南北二町東西二町計《ばかり》焼け了ぬ。御領（霊）殿に昨日近衛（政家）殿南都自《よ》り御上洛、著御之《の》処、炎上之《の》間、広橋亭上御所東也に入御、藪内四辻（季春）、武者小路（資世）両亜相第、綾小路（俊量）中将等の宿所炎上、武家輩之《の》宅ケ所炎上、酒屋・土倉・有福族多く回録すと云々。

とある。

種玉庵が室町殿（花の御所）の付近に所在したこと、「入江殿」「御霊殿」に隣接していたことは

ここまで述べてきたごとくであるが、このあたりはそれだけでなく、今、引いた『晴富宿祢記』の記事でも分かるように、創庵当時、有力な公家邸・武家邸および有力商人が多く集まっていた。それはこれまでに引いた諸記録から分かるが、もう一例挙げれば『言国卿記《ときくにきょうき》』[46]文明十年十二月二十五日条には、

夜九過の時分に御霊殿辺より御霊ことごとく焼くる也。三条・同西・四辻・綾小路・武者小路等焼くる也。言語同断の次第也。禁裏も風悪き間、事の外御騒ぎ也。

とある。

三条西実隆邸の所在地

前節で引いた『言国卿記《ときくにきょうき》』の記事には「同（三条）西」の名が出てくる。これは三条西実隆邸《さんじょうにしさねたか》だと思われる。宗祇と重要な関わりを持つ実隆邸がこのあたりにあったことは、両者の関係を見る上で重要な事柄である。

実隆邸の所在地については、早くに芳賀幸四郎『三条西実隆』[47]中の次のような説があった。

応仁の大乱が勃発したのは（略）実隆十三歳の時であった。（略）公保時代以来の三条西邸も戦火に焼け、鞍馬での疎開生活は不自由でわびしいものであった。（略）文明五年（一四七三）（略）京都の戦乱もようやく鎮静のきざしが見えてきた。実隆の鞍馬の疎開先から引きあげて

帰洛したのも、この年の秋頃かと推定される。（略）また、彼は疎開から帰洛した後、公保時代の屋敷跡に粗末な小屋を建てて住んでいたらしいが、この二月（文明十年―引用者注）には、それを修補し、（略）

しかし、この芳賀説には疑問がある。実隆は文明五年から、おそらく文明十一年秋まで、「公保時代の屋敷跡」ではなく、西大路付近に居住していたらしい。先に挙げた『言国卿記』はその論拠のひとつである。このことについて森田恭二は「花の御所とその周辺の変遷」[48]の中で、二〇四ページに掲げた地図を描いて、次のような指摘をしている。

「長興宿祢記」文明十一年（一四七九）七月一日条（略）「大乗院寺社雑事記」文明十一年七月三日条（略）「晴富宿祢記文明十一年七月二日条（略）これらの史料に見られる内裏（皇居）は、柳原仙洞と呼ばれる所で、室町通北部の柳原にあった。この焼失地域をE地域とすると、これは柳原仙洞から西北部にひろがる二町四方の地域で住屋二千軒があったことがわかる。これらには、薗中納言（基有）邸、菊亭邸、冷泉藤宰相邸、三条西邸、葉室邸等があった。この火事により皇居は一時白雲寺に移されている。

さらに、森田はD地域に関しては、『親長卿記《ちかながきょうき》』文明十年十二月二十五日、『晴富宿祢記』文明十年十二月二十六日、『大乗院寺社雑事記』文明十年十二月二十八日、文明十一年二月十四日裏文書、『大乗院日記目録』文明十年十二月二十五日条を挙げて、次のようにも述べている。[49]

室町後期の「花の御所」周辺略図（森田恭二による）

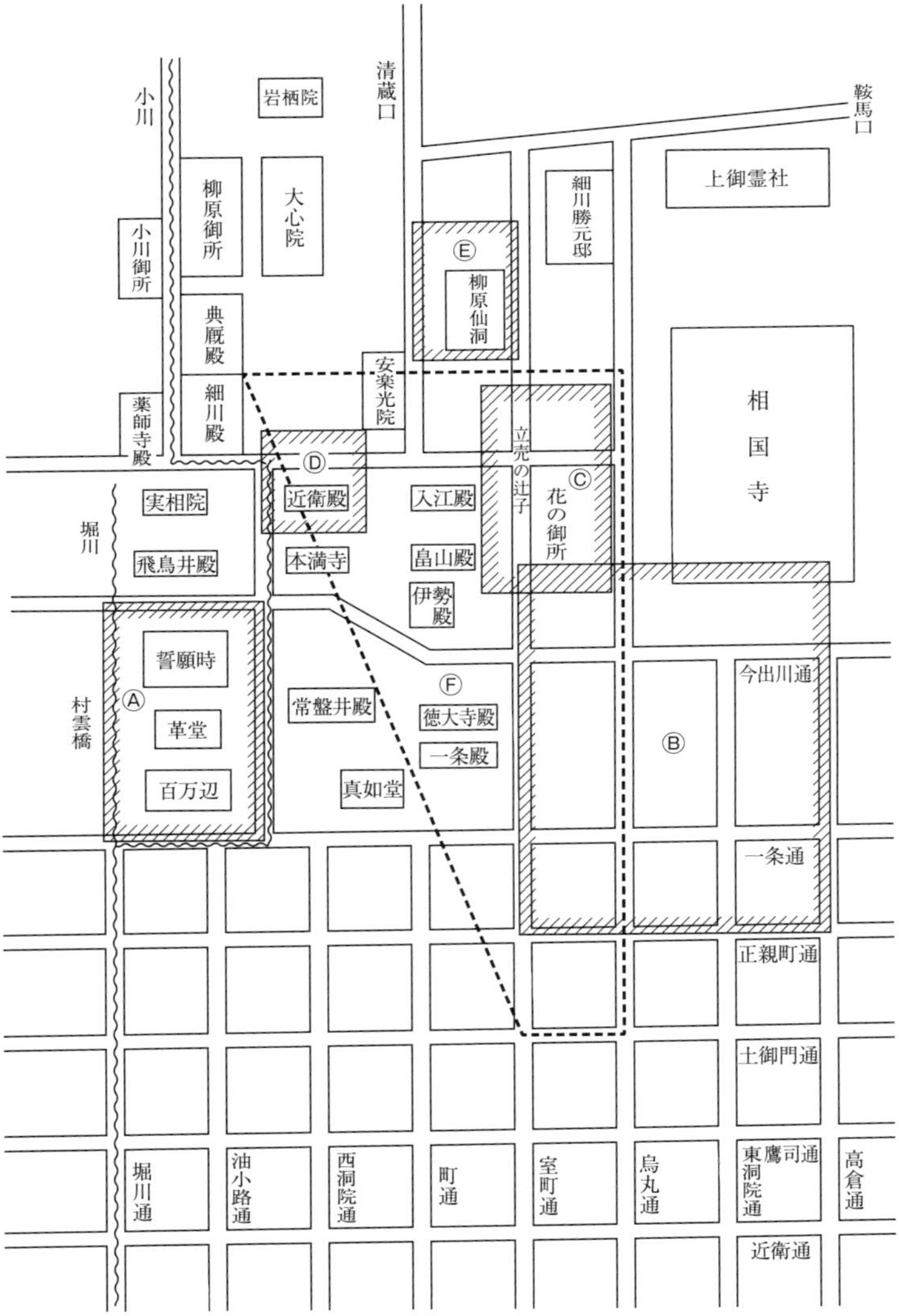

D地域は、小川の東より室町を堺にした地域で、ここには近衛邸の御霊殿の他、藤大納言（武者小路）資世邸、新大納言（四辻）季春邸、俊量朝臣邸、宗祇の在所、綾小路中納言邸などがあった。

森田も引くところであるが、『親長卿記』文明十年（一四七八）十二月二十五日条には、

今夜火事有り、五霊殿也。火事に逢ひし人々、近衛殿・藤大納言資世・新大納言季春・俊量朝臣等也。予の近辺に及び、具足等穴蔵に収納し畢《おはん》ぬ。、希代火事数十町に及ぶ。

とあり、親長邸もこのD地域に近接したところにあった。実隆は鞍馬に疎開していた頃、京都に所用で来る時にはこの親長邸に泊まったことが、芳賀によって次のように推測されている。

応仁の大乱が勃発したのは（略）実隆十三歳の時であった。（略）母一人子一人の実隆親子が疎開するのは当然のことで、彼ら親子は縁故をたどって、鞍馬寺の坊に疎開した。叔父甘露寺親長の日記『親長卿記』によると、実隆は朝廷や幕府への参賀など特別の場合だけ出京し、甘露寺邸などにとまっていたことが知られる。[50]

このようなことを考え合わせると、実隆は帰洛した後もまずは親長を頼ってその近在に借り住まいしたのではなかろうか。二〇〇ページの地図に示したが、種玉庵結庵当時は、実隆邸は西大路付近にあったと考えてよいと思う。

その実隆が親の公保《きんやす》邸の旧地に戻ったのは、文明十一年秋のことではなかったか。この年の七月

一日の火災で実隆邸は炎上した[51]。『実隆公記』七月一日条には次のようにある。

寅下刻火事出来《しゆたい》。北小路《きたのこうぢ》皇居焼失。愚宅炎上。

九月七日条には、

武者小路旧跡南面築地近日築きしむ可き之《の》由支度する所也。去月四日事始、今に要脚無きに依《よっ》て延引。今日先づ覆ひ之《の》事等大工を召し之《これ》を申し付く。

これ以後、九月十四日、十八日、十九日、二十三日、二十四日、二十九日の条などに見えるような造作が続く。

この移転は、「愚亭炎上」ということがきっかけではあったが、高橋康夫が『京都中世都市史研究[52]』で指摘するように、「幕府の市街復旧政策に従ったもので」もあったのであろう。高橋はこのことに関して次のように述べている。

文明十一年（一四七九）になると、室町殿造営始（二月二十六日）を契機として「本跡」に帰住する動きはいよいよ加速された。『大乗院寺社雑事記』三月六日条は、二月二十六日に三宝院門跡が元の在所たる土御門万里小路において新邸の棟上げを行ったことを記すほか、伊勢貞宗や内者達が邸を新造するなど、洛中が「在々所々作事」、つまり建築ブームであったことを伝えている。（略）そして土御門内裏の修造事始（四月二十六日）は、公家諸家の旧跡還住に決定的な影響を与えたことであろう。公卿層について判明する事例を列挙すると、八月十八日、中御門宣胤邸および高倉永継邸が旧地に立柱上棟、同二十八日、徳大寺実淳・勧修寺教秀・中院通秀が新造邸に移徙、九月二十三日、三条西実隆が旧跡武者小路の新邸に移徙しているのである。（略）親長は文明九年（一四七七）二月二十八日に、「本跡」＝正親町烏丸西北頬、（略）に家屋を新造して帰住している。

文明十一年頃のことに筆が走ってしまった。年を戻すと、文明八年四月の種玉庵開庵当時は足利義政《よしまさ》も義尚《よしひさ》も「花御所《はなのごしょ》（室町殿）」に居住していた。後土御門天皇は父の後花園院ともども応仁の乱での難を避けて、土御門内裏から移り、「花御所」に仮内裏を置いていた。先に言及したように、同年十一月十三日に「花御所」は焼失するが、その後も義政・義尚、後土御門天皇は転々としながらもこの周辺に居を構えていた。

つまり、種玉庵は文明八年当時、わが国の中心中の中心にあったといってよい。だからこそ、種玉庵は室町中期の文芸の中核になり得たとも言えると思う。逆に言えば、そのことを目論んで宗祇はこのような場所に自庵を結んだのではなかろうか。

「洛中洛外図屏風」

先にこの種玉庵は宗碩《そうせき》に継承され、歴博甲本「洛中洛外図屏風」の大永五年（一五二五）以後、天文五年（一五三六）以前とされている景観年代まで存続していたらしいことを指摘した。宗碩は天文二年に長門国の府中で没しているが、少なくとも天文三年まで、同庵に娘の玉が居住していたことも分かっている。

このようなことを考え合わせてこの屏風を見れば、種玉庵の位置はもう少し限定できるかも知れない。金子金治郎が『連歌師宗祇の実像』[53]の中で、この屏風を取り上げて、入江殿の「下方霞の部分」と述べていたことは先述した。しかし、それは考えにくい。

入江殿と種玉庵の位置関係を知るには『再昌草《さいしょうそう》』大永四年（一五二四）三月二十二日の条に、次のようにあることが参考になる。前引したが、改めて見ておきたい。

　御霊殿の藤の花盛りに、この庵の軒の松にさし覆ひて、雨の内をかしく見え侍りしかば、物に書きつけたりし

　またや見ん松の言の葉色添へし名残尽きせぬ宿の藤波

これは宗祇亡き跡、種玉庵で催された『伊庭《いば》千句』満尾翌日の三条西実隆《さんじょうにしさねたか》の感慨である。御霊《ごりょう》殿《どの》（近衛殿）は入江殿と隣接しており、その御霊殿の藤の花が種玉庵の軒まで枝を伸ばしていたというのである。松は宗祇が植え大切にしていたものである。

これに関して金子は『連歌師宗祇の実像』で、

　御霊殿の藤とは隣の入江殿（三時知恩寺）のそれで、宗祇の松にまつわる思いを印象づける。

と述べているが、どうして御霊殿の藤が入江殿の藤とみなせるのかはまったく不明で、これを前提

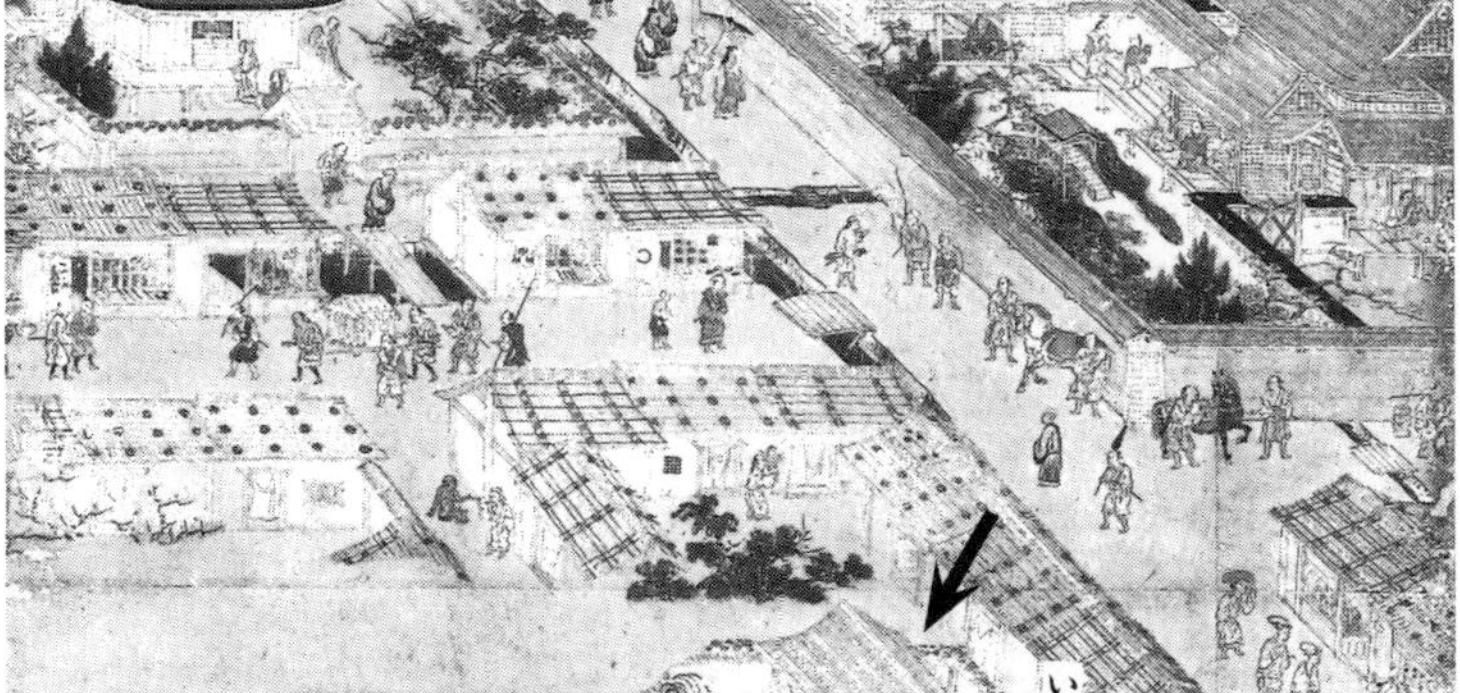

【洛中洛外図屏風】の図

した論は成り立たない。

これまで引いてきた資料を勘案すれば、種玉庵は入江殿および御霊殿の両者に接していたと考えて間違いないと思う。つまり、種玉庵は両者に食い込むように、おそらくは両者の間に位置していたのであろう。このことを確認しつつ、歴博甲本「洛中洛外図屛風」を改めて見ると、それに該当する位置に一つの建物が描かれていることに気づく。二〇九ページに挙げた図に矢印で示したものである。

実はこの図を見る時には注意を要することがある。この図での入江殿と御霊殿の位置関係は九十度ずれていると思われるからである。同志社大学の発掘調査によれば、このような位置関係は確認できないという。このことは、『上京・西大路町遺跡桜の御所跡隣接地点の発掘―同志社大学育真館地点の発掘調査―』54で辰巳和弘に指摘されている。実際とは違って、九十度ずれていることについては、同報告書で次のような見解が述べられている。

「い里江との」（入江殿）は、（略）上立売通りに北面して門を開く。門を出入りする尼僧の姿も描かれる。（略）『京都坊目誌』によれば、正親町天皇の時（一五六〇～一五八六）以来、現在に至るまで桜御所（近衛殿―引用者注）の東に新町通りを隔てて西面する。しかし町田本（歴博甲本―引用者注）が描く一五二〇～一五三〇年頃の入江殿は、桜御所の北、上立売通りに面した西大路町に、桜御所と塀を接して構えられている。この入江殿の位置は正親町朝初頭の頃の情景を描く上杉本洛中洛外図屏風でもかわることがなく、北面して開く門前には「にしおち」（西大路）の注記もみえる。おそらく入江殿（三時知恩寺）がかつて上立売通に臨む西大路の地にあったことを、両洛中洛外図屏風は語っているとみられる。

つまり、入江殿を上立売通《かみだちうりどおり》に面するように描いたために、近衛殿《このえどの》（御霊殿）をその西の並びに描く余地がなくなったということなのであろう。本来は入江殿と近衛殿は東西に並んでいたはずで、現在の地図で言えば、三時知恩寺と同志社大学新町校舎キャンパスとの位置関係である。「洛中洛外図屏風」でいうと縦に並んでいた。そうであれば、金子のいうように、種玉庵が「下方霞の部分」にあったのなら、ますます御霊殿に隣接していたとは考えにくい。

改めて歴博甲本を見ると、「いり江との」と記された建物の上に、板葺き屋根を持つ建物が描かれている。先述したように図に矢印を付けた建物である。この形状の屋根を持つ建物は、公家邸・寺院などや、逆に庶民のものでもない。それ以外の武家邸を含めた富者の建築様式である。近世の書であるが、『海人藻芥《あまのもくず》』[55]には、

武士の家には檜皮屋造らず。皆板屋なり。

とある。黒田紘一郎は『中世都市京都の研究』[56]の中で、歴博甲本「洛中洛外図屏風」に描かれた建物を検討して、大医師であった竹田法印の邸について次のような指摘をしている。

右隻第三扇の中央、錦小路東洞院にある「竹田法印」の屋敷は、築地塀の板屋根の門を東洞院

通に面して構え、板葺屋根の切妻造二棟が鬱蒼と繁る樹木と共に描かれている。

つまり、板葺屋根の建物はこのような身分の者の邸であったということであろう。そうであれば、問題の入江殿の上部に描かれた建物は入江殿のものではないと考えられないであろうか。

この板葺の建物は、歴博甲本「洛中洛外図屛風」の入江殿と御霊殿の位置関係を東西（図の上下）に訂正してみると、両者の間に挟まれていることになる。これが種玉庵（当時は宗碩の庵）であった可能性を指摘おきたいと思う。

「洛中洛外図屛風」のことはともかく、宗祇は一介の連歌僧であった。当時の連歌僧には幕臣出身、有力大名家臣出身、しかるべき僧位を持つものも多くいた。その中で、宗祇は出自さえ判然としない者であった。そのような者がどうして、このような国の中心地に居を、しかも貴顕を招くに足るほどの規模の、決して草庵などとは言えない居宅を構えることができたのであろうか。このことは宗祇という連歌師のあり方を明める上でも重要なことだと思われる。

以上、宗祇種玉庵の所在地に関して考察してきた。具体的な居住地から歌壇・文壇を見ていくことの重要性を改めて考えるべきだとの観点からでもある。

室町期の歌壇については、井上宗雄[57]などによって詳細に考察されており、公家・武家・僧家・地下にいたるまで、人々の繋がりも解明されてきた。しかし、これまでの研究は文芸上の立場の共通点、政治的な繋がり、血縁関係などからの考察が主であった。人々の関わりのひとつには住む地域の問題もあったに違いない。各人の家がどこにあって、ある人の歌会に出席するにはどれほど地理的に容易であったか、時間を要したか、などという視点も重要であろう。応仁文明の乱後の復興期以来、およそ五十年に渡って存在し、室町文芸の中核を担ってきた住居として特筆すべきものであった宗祇種玉庵の所在地確定は、多くの示唆を与えてくれるものと思う。

ただ、室町期、特に応仁文明の乱前後の貴顕の住居の特定はむずかしいことである。主要公家や武家はそれぞれが内裏や将軍御所を中心にして居住していることが多いが、そもそも内裏も将軍御所も頻繁に移り変わっている。また、乱を避けて都を離れ、戻ってきた時に、それまでの旧地に戻ってきたとは限らないし、頻繁な火災もあった。今後、ある年代を限って、内裏・将軍御所・公家邸・武家邸などの位置を示した詳細な地図を作製する必要があると思う。それができれば、歌壇・文壇が立体的に把握できるようになることと思う。

種玉庵結庵の背景

宗祇の種玉庵は応安文明の乱後の文芸にとってきわめて重要な地にあったことを確認してきた。このような場所に宗祇が自庵を結ぶことにできた理由として、金子金治郎は三条西実隆《さんじょうにしさねたか》の姉が入江殿に尼として入寺していたことにも絡めて、実隆の力を想定している。

金子は『宗祇の生活と作品』[58]の中で、まず、文明六年（一四七四）正月五日の元盛《もともり》宗祇両吟を挙げて、この元盛は「三条西家の家臣」である木村元盛であるとして次のように述べている。

元盛との両吟は、宗祇と三条西家の接近を語るものとして注目される。元盛の名は『実隆公記』に散見している。木村元盛とある（『実隆公記』十、四四九頁）。三条西家の家臣として所領の管理や経済に関係していたごとくで、（略）三条西家にとって大事な存在であったことが知られる。（略）入江殿の南に草庵を占めること、入江殿東庵が実隆の姉の尼であることなどを考慮すると、草庵決定前に何事かの連絡はあったと思うが、そこに登場するのが木村元盛となる。連歌数寄の元盛を介して、三条西家との交渉が始まるといった場合は想像してよいと思う。

しかし、この元盛が三条西家の家司元盛であることは疑わしい。この元盛は紀元盛であったと思われる。このことは奥田勲『宗祇』[59]でも次のように指摘されていることである。

正月五日、元盛と「両吟何木百韻」を巻いた。元盛はおそらく地下歌人としてこの時代活躍していた左衛門尉紀元盛であろう。

紀元盛の事跡は井上宗雄『中世歌壇史の研究　室町前期〔改訂新版〕』[60]によれば次のようなことが挙げられる。

永享七年（一四三五）五月二十二日「赤松満政母三十三回忌詠法華経序品和歌」

永享十年（一四三八）十月十六日「細川満元十三回忌詠法華経和歌」

嘉吉二年（一四四二）四月十日「藤原盛隆勧進亡父法華経追善和歌」

享徳三年（一四五四）八月四日「細川持之十三回忌品経和歌」
文明十六年（一四八四）頃「一色義直主催地下歌合」
文明六年（一四七四）正月五日の「元盛宗祇両吟百韻」はこの事跡の中に位置づけてよいのであろう。

そもそも宗祇と実隆自身との交流については、次の『実隆公記』[61] 文明九年二月二十日条の記事が初見である。

晩に及び内府自《よ》り書状有り。宗祇法師編集する所之《の》竹林抄《連歌抄物序一条禅閤》冬部書写す可き之《の》由也。領状申し了《おはん》ぬ。

この時、実隆は内府、つまり、本家筋の三条公敦《きんあつ》から『竹林抄』冬部の書写を依頼されている。『竹林抄』の前段階と推定されている撰集を後土御門天皇が山科言国《ときくに》に書写させていることは『言国卿記』文明七年四月六日～九日、十一日条に見えることである。文明九年の書写も後土御門天皇の依頼であった可能性があるかと思う。そのようなものを内府を介して実隆に命じていることは、この時点ではまだ実隆と宗祇は直接の接触がなかったことを示しているのではなかろうか。

金子はまた、『連歌師宗祇の実像』[62] において、

宗祇も近江守護佐々木六角家の守護代伊庭家の出身とあれば、身分の違いは争えないが、生活力は確かである。それに飯尾家は幕府の奉行人として活躍している。どちらから考えても、尼

寺の隣家として、無理なく迎えられたことであろう。東庵が実隆の姉であること、西庵の智周尼が、実は宗祇門弟の肖柏の姉であることなども、種玉庵の位置決定に作用したかも知れない。

とも述べている。

宗祇が「伊庭家の出身」であることを示す根拠のないことは第一章で詳説した。肖柏に関しては宗祇との交流が文明六年頃から始まっていたとすれば[63]可能性はあるが、そうであってもすでに遁世していた肖柏にこのような力があったかについては疑問がある。

このような事跡を勘案すれば、実隆が宗祇の存在を知り、深く交流するようになったのは、金子説とは逆に、自邸の近在で、姉の庵もあった入江殿の隣の種玉庵に宗祇が住むようになってからではなかったかと思われるのである。

金子は種玉庵抜きについても宗祇の師であった専順の文明八年三月二十日の逝去と関わらせ、『宗祇の生活と作品』の中で次のような想定をしている。

『竹林抄』巻十に（略）宗祇の名を詞書に現した発句がもう一句ある。同じく杉原賢盛のもので、

宗祇草庵にて千句侍りしに、同春の心を

花落ちて鳥なく春のわかれかな　賢盛

とあるものである。季節は春の別れの晩春であるから、四月二十三日の草庵始めより前である。

> それは文明八年この年でなくてもよいものである。しかしそういって済まされないものの残るのが、宗祇の名を現わした詞書とこの発句の句意である。逝く春の句意はそれとして、花が落ちるといい、鳥が泣くといい、あまりにも重畳した別れの強調には何かがあると考えざるをえない。つまり専順の三月二十日逝去との関係である。それをこの発句に結合する根拠は、ないと言えば何もない。しかしこれと草庵始めの二句が『竹林抄』の内部に残した宗祇自身の足跡であることの重要さを思うと。三月追善千句によって師を送り、その上ではじめて草庵開きをした慎重な足取りと見るべきではないか。（略）「花落ちて鳥なく春のわかれかな」が専順追善となれば、七賢最後の賢盛を立会人として、専順の後継ぎであることを証明しているようにも見える（もちろん宗砌外の継承を踏まえた上で）。
>
> 種玉庵事始は、専順の逝去を機会にして公けに発足し、第一の事業として、『竹林抄』の編纂を行っている。

しかし、専順の死と庵抜きがどれほど密接に関係するのであろうか。金子の言説は趣意がよく分からない点があるが、種玉庵結庵当時、専順は応仁文明の乱の西側、つまり反将軍側にいた斎藤妙椿《みょうちん》の領国、美濃に保護されており、政治的な絡みの中で殺害されたらしい[64]。専順と種玉庵の結庵は結びつけない方がよいのではないかと思う。

それよりも、先述したように実質的な管領であった畠山政長《まさなが》を主客に招いていること、宗匠を幕府の奉行衆でしばしば普請奉行を勤めた杉原賢盛《かたもり》（後の連歌七賢のひとりである宗伊《そうい》）に依頼していることの方を重視すべきだと思う。

宗祇は応仁文明の乱の前年、恐らく細川勝元《かつもと》の意を汲んで、関東に下向したと思われる。本書の第三章で述べたように、今川義忠《よしただ》・東常縁《とうのつねより》・大田道真《どうしん》・長尾景信《かげのぶ》ら、さらには実質的な西関東の支配者であった上杉房定《ふささだ》と面会し得たのは、足利将軍家を支えた細川勝元が背後にいなければ不可能であったに違いない。これは宗祇下向の一年後に下った心敬にも言えることである。

しかしながら、宗祇が帰京した時、すでに勝元は没していた。当時、正式には管領職を辞していたものの（文明九年十一月に再任、その間空位）、東軍側の最重要人物は畠山政長《まさなが》であった。勝元亡き後、この政長と幕臣で連歌巧者であった杉原賢盛に接触するのが宗祇の社会的地位を高めるのにもっとも有効であったと思われるのである。先述したように宗祇は文明八年正月二十八日の幕府連歌始にはじめて参加しているが、これも種玉庵結庵に繋がる事跡をみなしてよいのであろう。

種玉庵結庵、および庵抜きを支援した中核には、畠山政長や杉原賢盛などの幕府関係者がいたのだと思う。支援を得ることのできた理由としては関東遊歴の実績があったに違いない。それを梃子にして、諸方面への働きかけの結果、ということなのだろうと思う。

宗祇は連歌師としてようやく世に名が出始めた頃に、突然のごとく都を離れて、遠く戦乱の続く関東へ下向した。それは一般的には連歌師としての経歴として不利なことであったはずである。しかし、人よりもかなり遅く連歌壇に身を投じた宗祇が、連歌壇に地位を確立するためには、それしか方法がなかったのではなかろうか。

宗祇のもくろみは成功した。長享二年（一四八八）三月、関東から帰京して十四年半後、宗祇は晴れて北野連歌会所奉行・宗匠職に就いた。六十八歳であった。

注一覧

出版年の元号・西暦は原著の記載を生かした。

はじめに

1　新編日本古典文学全集『松尾芭蕉集2』
2　『萱草』（貴重古典籍叢刊『宗祇句集』角川書店・昭和52年3月）、『新撰菟玖波集』（『新撰菟玖波集全注釈　第八巻』三弥井書店・平成19年2月）
3　「真跡画賛」（新編日本古典文学全集『松尾芭蕉集1』）など
4　本間洋子『中世後期の香文化　香道の黎明』（思文閣出版・平成26年2月）参照
5　勉誠社・昭和60年7月
6　岩波書店・1991年8月
7　吉川弘文館・平成10年12月
8　青梧堂・昭和18年8月（『伊地知鐵男著作集1〈宗祇〉』汲古書院・1196年5月収録）
9　桜楓社・昭和38年4月
10　中世文芸叢書・広島中世文芸研究会・昭和40年1月
11　桜楓社・昭和45年9月
12　貴重古典籍叢刊・角川書店・昭和52年3月
13　金子金治郎連歌考叢・桜楓社・昭和58年2月
14　金子金治郎連歌考叢・桜楓社・昭和60年9月
15　箱根叢書・神奈川新聞社・1993年1月
16　角川叢書・角川書店・平成11年3月
17　風間書房・昭和44年4月
18　奥田勲・岸田依子・廣木一人・宮脇真彦編・全九巻・三弥井書店・平成11年5月〜平成21年3月

第一章

1　新日本古典文学大系『中世日記紀行集』
2　五山文学全集『翰林葫蘆集』（思文閣・1992年11月）
3　「私家集大成」
4　江藤保定『宗祇の研究』（風間書房・昭和42年6月）
5　『賜蘆拾葉』所収（内閣文庫蔵、国文学研究資料館マイクロフィルムによる）
6　桜楓社・昭和58年2月
7　貴重古典籍叢刊『新撰菟玖波集　実隆本』（角川書

店・昭和45年3月）

8　「日本古典全集」

9　稲田利徳『正徹の研究　中世歌人研究』（笠間書院・昭和53年3月）参照

10　前掲

11　吉川弘文館・昭和42年8月

12　吉川弘文館・平成10年12月

13　貴重古典籍叢刊『新撰菟玖波集　実隆本』（前掲）

14　『宗祇』（青梧堂・昭和18年8月（『伊地知鐵男著作集1〈宗祇〉』汲古書院・1196年5月収録）

15　『宗祇』（前掲）

16　角川書店・平成11年3月

17　湯之上早苗「翻刻『年中日発句』―金子金治郎本―」（『中世文芸』47・昭和45年5月）

18　前掲

19　貴重古典籍叢刊『七賢時代連歌句集』（角川書店・昭和50年3月）

20　「改定史籍集覧」24

21　前掲

22　岩波書店・1991年8月

23　前掲

24　日本古典文学大系『連歌論集　俳論集』

25　中世の文学『連歌論集三』（三弥井書店・昭和60年7月）

26　ほぼ同じことを心敬は『ささめごと』『ひとりごと』でも述べている。

27　『連歌古注釈集』（角川書店・昭和54年2月）

28　『連歌師宗祇』（前掲）

29　明治書院・平成5年5月（増補改訂版）

30　中世の文学『連歌論集二』（三弥井書店・昭和57年11月）

31　中世の文学『連歌論集三』（前掲）

32　『宗祇』（前掲）

33　旧伊藤松宇本（伊地知鉄男『連歌の世界』〈前掲〉による）

34　「増補続史料大成」

35　前掲

36　「源氏物語古註釈叢刊」3（武蔵野書院・平成17年11月）

37　『連歌新式心前注』（古典文庫『連歌新式古注集』）にも次のようにある。

　宗祇、歌道古今は東の野州より相伝也。連歌は宗砌より伝はる也。源氏物語は奉公の志多良と云ふ人より伝受也。

38 日本古典文学大系『戴恩記　折たく柴の記　蘭東事始』

39 以下、『萱草』は貴重古典籍叢刊『宗祇句集』（角川書店・昭和52年3月）による。

40 『宗祇連歌の研究』（勉誠社・昭和60年7月）

41 『連歌師宗祇の実像』（前掲）

42 『宗祇句集』（前掲）の句番号、以下同じ。

43 ここには先に金子が具体的に作品を挙げていないものは含まれていない。指摘のないものを加えれば、「専順法眼坊の百韻」「青蓮院の御会」が加えられるが、大きな相違はない。

第二章

1 青梧堂・昭和18年8月（『伊地知鐵男著作集1〈宗祇〉』汲古書院・1996年5月収録）

2 明治書院

3 「国語と国文学」29—10・昭和27年10月（『伊地知鐵男著作集I』汲古書院・1996年5月収録）

4 金子金治郎連歌考叢・桜楓社・昭和58年2月

5 『島津忠夫著作集　第五巻』（和泉書院・2004年10月）

6 五山文学全集『翰林葫蘆集』（思文閣）

7 角川書店・平成11年3月

8 古典文庫『連歌新式古注集』

9 岩波書店・1991年8月

10 「日本随筆大成」第一期

11 前掲

12 「国語と国文学」72—7・平成7年7月

13 前掲

14 吉川弘文館・平成10年12月

15 「日本歴史」621・2000年2月

16 『連歌師宗祇の実像』（前掲）に引くものによる。

17 前掲

18 中西顕三編『高代寺日記—清和源氏と塩川氏の謎に迫る』（『高代寺日記』刊行会・2012年8月）

19 「日本文学」31—9・昭和57年9月

20 風間書房・昭和59年11月

21 『連歌師宗祇』（前掲）

22 「細川・三好体制研究序説—室町幕府の解体過程

―」(「史林」56―5・1973年9月)
23 前掲
24 国会図書館蔵「連歌合集　第二冊」(「国会図書館デジタルコレクション」による)
25 前掲
26 近世文芸資料『深草元政集(三)』
27 『高代寺日記―清和源氏と塩川氏の謎に迫る』(前掲)
28 藤原正義「「高代寺日記」考―宗祇出自考のための覚え書(下)」(「北九州大学文学部紀要」29・1982年3月、『宗祇序説』〈前掲〉収録)参照
29 前掲
30 中世の文学『連歌論集二』(三弥井書店・昭和57年11月)
31 日本古典文学大系『連歌論集　俳論集』
32 岩波文庫『俳家奇人談　続俳家奇人談』(1987年10月)
33 新日本古典文学大系『中世日記紀行集』
34 中世の文学『連歌論集三』(昭和60年7月)
35 古典文庫『壁草〈大阪天満宮文庫本〉』
36 「私家集大成」
37 続群書類従完成会
38 前掲
39 貴重古典籍叢刊『宗祇句集』(角川書店・昭和52年3月)
40 『宗祇の生活と作品』(前掲)
41 「続群書類従」補遺二
42 『連歌師宗祇』(前掲)
43 芳賀幸四郎「室町時代の教育」(芳賀幸四郎歴史論集Ⅳ『中世文化とその基盤』思文閣出版・昭和56年10月)
44 生活と文化の歴史学3『富裕と貧困』(竹林舎・2013年5月)
45 清文堂・1990年9月
46 「私家集大成」
47 早稲田大学図書館伊地知文庫蔵(「古典籍総合データベース」による)
48 前掲
49 至文堂・昭和42年12月
50 中央公論新社・2006年3月
51 日本古典文学大系『戴恩記　折たく柴の記　蘭東事始』

52　国会図書館蔵「連歌合集　第三一冊」
53　『弘文荘待賈目録』31
54　日本学術振興会・昭和31年3月
55　「続史料大成」
56　「大日本古記録」
57　前掲
58　前掲
59　『室町前期　和漢聯句作品集成』（臨川書店・2008年3月）
60　『訓注空華日用工夫略集』（思文閣・昭和57年5月）
61　この和漢聯句は作品が現存している。『良基・絶海・義満等一座　和漢聯句譯注』（臨川書店・2009年3月）
62　貴重古典籍叢刊『七賢時代連歌句集』（角川書店・50年3月）
63　貴重古典籍叢刊『七賢時代連歌句集』（前掲）
64　『島津忠夫著作集　第五巻』（和泉書院・2004年10月）
65　『宗祇の生活と品』（前掲）
66　貴重古典籍叢刊『宗祇句集』（前掲）
67　重松裕巳「『宗祇時代連歌』（翻刻）」（「連歌俳諧研究」80・平成3年3月）
68　広島大学福井文庫蔵
69　天理大学綿屋文庫蔵
70　貴重古典籍叢刊『宗祇句集』（前掲）
71　貴重古典籍叢刊『宗祇句集』（前掲）
72　「続群書類従」17下
73　前掲
74　伊地知鉄男『連歌の世界』（吉川弘文館・昭和42年7月）

第三章

1　貴重古典籍叢刊『宗祇句集』（角川書店・昭和52年3月）
2　中世の文学『連歌論集二』（三弥井書店・昭和57年11月）
3　中世文学『連歌論集二』（前掲）
4　中世の文学『連歌論集三』（三弥井書店・昭和60年7月）
5　石田晴男『応仁・文明の乱』（吉川弘文館・2008年7月）参照

6 三弥井書店・平成24年11月
7 前掲
8 岩波文庫『宗長日記』（昭和50年4月）
9 前掲
10 『群馬県史　資料編7　中世3』
11 貴重古典籍叢刊『宗祇句集』（前掲）
12 貴重古典籍叢刊『宗祇句集』（前掲）
13 「史料纂集」
14 前掲
15 七宮涬三『下野　小山・結城一族』（新人物往来社・2005年11月）参照
16 『中世日記紀行文学全評釈集成　第六巻』（勉誠出版・平成16年12月）
17 前掲
18 箱根叢書・神奈川新聞社・1993年1月
19 七宮涬三『下野・宇都宮一族』（新人物往来社・2006年9月）参照
20 前掲
21 前掲
22 「増補史料大成」
23 前掲
24 「新編国歌大観」
25 前掲
26 廣木一人「連歌師の一面―苧公事と宗碩・宗坡・周桂・宗仲など―」（「文学」12―4・2011年7、8月合併号）参照
27 前掲
28 前掲
29 「増補続史料大成」
30 「山何百韻」（大阪天満宮、静嘉堂文庫「連歌集書」16）
31 新日本古典文学大系『竹林抄』
32 『心敬の生活と作品』（金子金治郎連歌考叢・桜楓社・昭和57年1月）
33 天理図書館蔵本、『心敬の生活と作品』（前掲）による。
34 『連歌史論考　上』（明治書院・平成5年5月〈増補改訂版〉）
35 前掲
36 前掲
37 福井久蔵『連歌文学の研究』（喜久屋書店・昭和23年5月）

38 『連歌貴重文献集成　第二集』（勉誠社・昭和54年4月）「解題」
39 『宗祇の生活と作品』（前掲）
40 中世の文学『連歌論集二』（前掲）
41 鳥居清「温故日録―解説と翻刻―」（「親和女子大学研究論叢」1〜6・昭和43年5月〜昭和48年5月）
42 『宗祇の生活と作品』（前掲）
43 中世の文学『連歌論集三』（前掲）
44 「史料纂集」
45 『宗祇の生活と作品』（前掲）
46 前掲
47 「増補続史料大成」
48 新日本古典文学大系『中世日記紀行集』
49 『旅の詩人　宗祇と箱根』（前掲）
50 島津忠夫「東常縁の生涯と文事」（『東常縁』和泉書院・1994年11月）参照
51 古典文庫『雲玉和歌抄』
52 『中世古今集注釈書解題三上』（赤尾照文堂・昭和56年8月）
53 古典文庫『千句連歌集五』「解説」
54 『宗祇の生活と作品』（前掲）
55 「群書類従」20
56 「国文鶴見」9・昭和49年3月
57 評論社・51年6月
58 「群書類従」9、「宗祇と常縁」（「国語と国文学」69-7・平成四年七月）所収『閑暇文革』
59 岩波書店・1991年8月
60 青梧堂・昭和18年8月（『伊地知鐵男著作集1〈宗祇〉』汲古書院・1196年5月収録）
61 『東常縁』和泉書院・1994年11月
62 『中世歌壇史の研究　室町前期〔改訂新版〕』（風間書房・昭和59年6月）
63 「東常縁から宗祇への古今伝授の時処について」（前掲）
64 小高道子「東常縁の古今伝授―伝受形式の成立―」（「和歌文学研究」44・昭和56年8月）
65 前掲
66 前掲
67 前掲
68 『大和村史　史料編』所載「東家系図（一）」
69 前掲
70 前掲

71 『応仁・文明の乱』（前掲）
72 前掲
73 貴重古典籍叢刊『新撰菟玖波集　実隆本』（角川書店・昭和45年3月）
74 貴重古典籍叢刊『七賢時代連歌句集』（角川書店・昭和50年3月）
75 前掲
76 中世の文学『連歌論集二』（前掲）
77 前掲
78 前掲
79 『宗祇』（前掲）
80 「続史料大成」
81 『旅の詩人　宗祇と箱根』（前掲）
82 江藤保定『宗祇の研究』（風間書房・昭和42年6月）
83 前掲
84 新潮日本古典集成『連歌集』
85 江藤保定『宗祇の研究』（前掲）
86 前掲
87 中世の文学『連歌論集二』（前掲）
88 前掲
89 中世の文学『連歌論集二』（前掲）
90 伊地知鉄男『宗祇』（前掲）、奥田勲『宗祇』（前掲）参照
91 金子金治郎『宗祇の生活と作品』（前掲）参照
92 島津忠夫『連歌師宗祇』（前掲）参照
93 長谷川千尋「『萱草』伝本二種」（『京都大学蔵貴重連歌資料2』（臨川書店・平成15年3月）参照
94 「私家集大成」
95 前掲
96 「史料纂集」
97 『宗祇』（前掲）
98 『宗祇の生活と作品』（前掲）
99 『連歌師宗祇』（前掲）付載「宗祇略年譜」
100 前掲
101 『連歌師宗祇』（前掲）
102 広島大学本『弄花抄』権巻の下注に、「文明七年初秋下旬、僧宗祇弟子興俊の為に之《これ》を読む　肖柏三十才」（湯之上早苗「兼載と興俊」〈『連歌と中世文芸』角川書店・昭和52年2月〉）とある。
103 貴重古典籍叢刊『竹林抄古注』（角川書店・昭和44年1月）
104 「兼載と興俊」（前掲）

105 『宗祇の生活と作品』（前掲）
106 前掲
107 「大日本史料」
108 「日本歌学大系」5
109 『宗祇』（前掲）
110 前掲
111 『宗祇の生活と作品』（前掲）
112 貴重古典籍叢刊『宗祇句集』（前掲）
113 鶴崎裕雄『戦国の権力と寄合の文芸』（和泉書院・昭和63年10月）参照
114 前掲
115 「新編国歌大観」

第四章

1 『宗祇の生活と作品』（金子金治郎連歌考叢・桜楓社・昭和58年2月）
2 「宗祇「種玉庵」命名小考—継承と再興の精神—」（「日本語日本文学論叢」3・平成20年3月）
3 『改訂　中世草庵の文学「附篇」茶美の構造』（北沢図書出版・昭和45年2月）
4 「群書類従」27
5 「増補史料大成」
6 芳賀幸四郎歴史論集Ⅳ『中世文化とその基盤』（思文閣出版・昭和56年10月）
7 中世の文学『連歌論集三』（三弥井書店・昭和60年7月）
8 金子金治郎『心敬の生活と作品』（金子金治郎連歌考叢・桜楓社・昭和57年1月）による。
9 続群書類従完成会
10 「大日本史料」
11 「私家集大成」
12 鶴崎裕雄「翻刻二水記　大永五年・六年」（「帝塚山学院短期大学研究年報」37・1989年12月）
13 「戦国初期における連歌師の生活—宗長・肖柏・宗碩の場合—」（「文学」40—10・1972年10月）
14 『宗祇の生活と作品』（前掲）
15 新日本古典文学大系『竹林抄』
16 『宗祇』（青梧堂・昭和18年8月、『伊地知鐵男著作集1〈宗祇〉』汲古書院・1996年5月収録）
17 前掲
18 「中世紀行文学全評釈集成」7（勉誠出版・平成16

年12月）
19 貴重古典籍叢刊『宗祇句集』（角川書店・昭和52年3月）
20 貴重古典籍叢刊『宗祇句集』（前掲）
21 「十住心院考」（「連歌俳諧研究」48・昭和50年1月）
22 日本古典文学全集『謡曲集1』
23 平凡社
24 「新修京都叢書」10
25 前掲
26 前掲
27 京都大学谷村文庫蔵（電子図書館貴重資料画像による）
28 角川書店・平成11年3月
29 前掲
30 金子金治郎『連歌師の紀行』（桜楓社・平成2年6月）参照
31 「国語と国文学」15―12・昭和13年12月（『伊地知鐵男著作集Ⅱ』汲古書院・1996年11月収録）
32 前掲
33 前掲
34 吉川弘文館・平成10年12月
35 前掲
36 「同志社大学歴史資料館報告」9・2006年
37 『上京・西大路町遺跡桜の御所跡隣接地点の発掘―同志社大学育真館地点の発掘調査―』（1997年3月）
38 前掲
39 「国立歴史民俗館研究紀要」145・平成20年11月
40 「続史料大成」
41 古典文庫『応仁記・応仁別記』
42 古典文庫『応仁記・応仁別記』
43 森田恭二「花の御所とその周辺の変遷」（『日本歴史の構造と展開』山川出版社・1984年1月）、黒田紘一郎『中世都市京都の研究』（校倉書房・1996年9月）、高橋康夫「室町期京都の都市空間―室町殿と相国寺と土御門内裏」（『中世都市』新人物往来社・2004年9月）、河内将芳『戦国時代の京都を歩く』（吉川弘文館・2014年3月）など参考。
44 「増補続史料大成」
45 「図書寮叢刊」
46 「史料纂集」

47 吉川弘文館・昭和35年

48 『日本歴史の構造と展開』山川出版社・1984年1月

49 これらの資料の内、本書で引用していない二資料を次に引いておきたい。

『大乗院寺社雑事記』（大日本史料）文明十一年（一四七九）二月十四日裏文書（十二月二十七日付書状）

二十五日夜半計《ばかり》に出火。小川の東、細川殿の南、東は室町をさかひ、二時計《ばかり》焼け候。御構《かまへ》三分の一とも申す可《べ》く候ふ哉。（略）御霊殿、宗祇在所も何もかも皆焼け候。近衛殿是《これ》へ夜御逃げ候ひて、唐橋に御入り候。（略）三条を始め、かりゆきしき《（ママ）》のさや共、焼け出だされ候。（略）細川築地の覆ひ、皆焼け候。

『大乗院日記目録』（増補続史料大成）文明十年十二月二十五日

京都焼亡。右大臣御所・御領《霊》殿・三条亭以下公卿所八个所。

50 『三条西実隆』（前掲）

51 森田恭二「花の御所とその周辺の変遷」（前掲）参照

52 思文閣出版・昭和58年12月

53 前掲

54 前掲

55 「群書類従」28

56 校倉書房・1996年9月

57 『中世歌壇史の研究　室町前期〔改訂新版〕』（風間書房・昭和59年6月）

58 前掲

59 前掲

60 前掲

61 前掲

62 前掲

63 伊井春樹『源氏物語注釈史の研究』（桜楓社・昭和55年11月）

64 廣木一人『連歌師という旅人　宗祇越後府中への旅』（三弥井書店・平成24年11月）参照

あとがき

二〇一二年十一月、三弥井書店から『連歌師という旅人　宗祇越後府中への旅』を上梓した。私は連歌の研究に主として携わっているものの、宗祇についての研究はあまりしてこなかった。理由はさまざまあるが、宗祇に関してはすでに、先学に多くの著作があり、いまさら浅学が取り組む余地はないと勝手に思い込んでいたからでもある。

本書はそれらの先学の研究を多く引いて、その是非を私なりに検討しつつ執筆したものである。往々にして、金子金治郎先生の著作に寄りかかるように、と言ってもよい。

私はその金子先生に直接にお会いする機会はほとんどなかった。きわめて怠惰な研究者であり、お話する機会を得ることも憚られていたのである。そのような私が青山学院大学に奉職して数年経った、一九九三年七月に、東海大学で催された「宗祇忌記念連歌研究国際集会」へ参加するように声を掛けてくださった。もっとも、先生自身がということではなく、企画担当の方がたまたま、連歌研究者のはしくれとして名を挙げてくださったのであろう。その集会での懇親会ではじめ先生と短い話を交わすことができた。研究者が少ないので、しっかりやってください、ということだったと思う。私の名を知ってくれていたことで、ただ恐れ入って帰宅したことを覚えている。

その後は再びお会いすることはなかった。私は私なりの研究課題を見定めて、利用できる先生の多大な業績のあちらこちらを囓っているだけであった。先生は一九九九年五月に亡くなられた。私はある関係者からそれを伝えられ、先生が設立に力を尽くされた俳文学会に連絡し、通夜に向かった。それが遺影ではあるものの接することのできた二度目のことであった。通夜に向かう途中の道で、どなただったかに、声を掛けられ、君のような人も馳せ参じるというのはよほど金子先生は人徳があったのですね、と言われたことを覚えている。

三度目に先生の名を冠した会に加わったのは、二〇〇一年六月の広島大学で催された「連歌師宗祇法師五百年遠忌　金子金治郎博士三回忌　記念国際研究集会」の時である。この時には先生の集められた連歌関係書、ご自身の細かな字で書き込まれた厖大なノートが展示され、圧倒されたとともに、ノートが今後死蔵されることの危惧を感じた。

私と金子先生の縁は著作以外はこれだけである。先生は私の最初で最後の出会いの後、亡くなるまで、精力的に宗祇研究に邁進され、八十歳半ばを越えても陸続と論文、著書を出された。宗祇の出自のこと、旅の足跡と意味などがその中心であった。

一九九九年三月、それらを纏めた書として、『連歌師宗祇の実像』が角川書店から刊行された。逝去の二ヶ月前のことである。

この最晩年の研究、特に宗祇出自については、実は発表された当時から、幾人かの連歌研究者から異論が囁かれていた。その詳細は本論に記したが、その論拠には不審な点があった。私もその異論に同調する者であったが、反論するのにこちら側の論拠に不安があり、そのままになってしまっていた。そのように手をこまねいている間、金子説はその権威もあって、一人歩きし始めていた。若い人の論文もそれをそのまま引くことがあり、さらには町興しに使われることにもなった。

私は今現在、宗祇に関する重要な事柄の、以下に述べる三つの金子説は誤りであると考えている。これはそれまで漠然と感じていたことであったのが、冒頭に述べた『連歌師という旅人　宗祇越後府中への旅』を執筆中に確証に変わったものである。

一つは宗祇の出自に関することである。特に伊庭氏出身説である。これは本論でも取り上げたが、歴史研究者である末柄豊氏の明確な反論が二〇〇〇年二月に出されている。

一つは、宗祇句の中でもっとも著名な句で、芭蕉にも大きな影響を与えた、「世にふるもさらに時雨の宿りかな」の句の背景に関することである。これに対する私見は『連歌師という旅人　宗祇越後府中への旅』に書いた。

もう一つは宗祇の都での庵、種玉庵の所在地などについてである。

本書はこの種玉庵をめぐって、その所在地、さらにそこに庵を結んだ意味を問い直すことを主たる目的として執筆を開始したものである。そのためには『連歌師という旅人　宗祇越後府中への旅』で論じた、応仁文明の乱当時の宗祇関東遍歴の意味を踏まえねばならない。その拙著と合わせて宗祇が連歌界の第一人者としてのし上がってくる過程を書く必要が生じた。結局、本書では宗祇の前半生から、都への凱旋まで、つまり宗祇五十歳半ばまでを追っていくこととなった。この後の宗祇のことに関しては、「連歌師の一面—苧公事と宗碩・宗坡・周桂・宗仲など」(「文学」12—4・二〇一一年七、八月合併号)で少し触れた。合わせて見てくださると幸いである。

先に述べたように、私は宗祇研究には臆病であった。今後、宗祇論を書く予定も持っていない。そのことからすれば、私は宗祇の研究者とは言えないかも知れない。ただ、先行研究に疑問を持ったらそれを指摘することが研究者としての最低限の責務であると思う。今、言わねばその機会を失する恐れがある。本書を上梓した理由である。金子金治郎に果敢に挑戦したということである。当然のこと、私の金子先生への反論が誤りであることもあり得る。多くの叱声を期待したい。

本書の校正中、木藤才蔵先生の訃報を受け取った。二〇一四年七月二十四日逝去。九十九歳。

前著の時と同じように三弥井書店の吉田智恵さんにはお世話になった。このようないわば個人的な思いに発する書を出版してくださったことに感謝の念は絶えない。

二〇一四年九月上澣

著者略歴

廣木一人（ひろき・かずひと）

1948年、神奈川生。青山学院大学大学院文学研究科日本文学日本語博士課程退学。
青山学院大学教授。

主要著書『連歌入門』（三弥井書店）、『歌論歌学集成　第十一巻』（三弥井書店、共編）、『新撰菟玖波集全釈　第一巻〜第九巻』（三弥井書店、共編）、『連歌史試論』（新典社）、『連歌の心と会席』（風間書房）、『文芸会席作法書集』（風間書房、共編）、『連歌辞典』（東京堂出版）、『歌枕辞典』（東京堂出版）、『連歌師という旅人—宗祇越後府中への旅』（三弥井書店）

室町の権力と連歌師宗祇

平成27年５月15日　初版発行

定価はカバーに表示してあります。

発行者　　吉 田 栄 治

発行所　　株式会社 三 弥 井 書 店

〒108－0073東京都港区三田3－2－39

電話03－3452－8069

振替00190－8－21125

ISBN978-4-8382-3285-7 C0021　　印刷　エーヴィスシステムズ